KB273703

도면에 없는 사람들

도면에 없는 사람들

보이지 않는 하루들이 모여 세상을 짓는다

초 판 1쇄 2026년 02월 24일

지은이 위형호
펴낸이 류종렬

펴낸곳 미다스북스
본부장 임종익
편집장 이다경, 김가영
디자인 임인영, 윤가희, 윤영빈
책임진행 안채원, 이예나, 김은진, 국소리, 송가희, 이지영

등록 2001년 3월 21일 제2001-000040호
주소 서울시 마포구 양화로 133 서교타워 711호, 808호
전화 02) 322-7802~3
팩스 02) 6007-1845
블로그 http://blog.naver.com/midasbooks
전자주소 midasbooks@hanmail.net
페이스북 https://www.facebook.com/midasbooks425
인스타그램 https://www.instagram.com/midasbooks

ISBN 979-11-7355-725-5 03810

값 18,000원

미다스북스는 다음세대에게 필요한 지혜와 교양을 생각합니다.

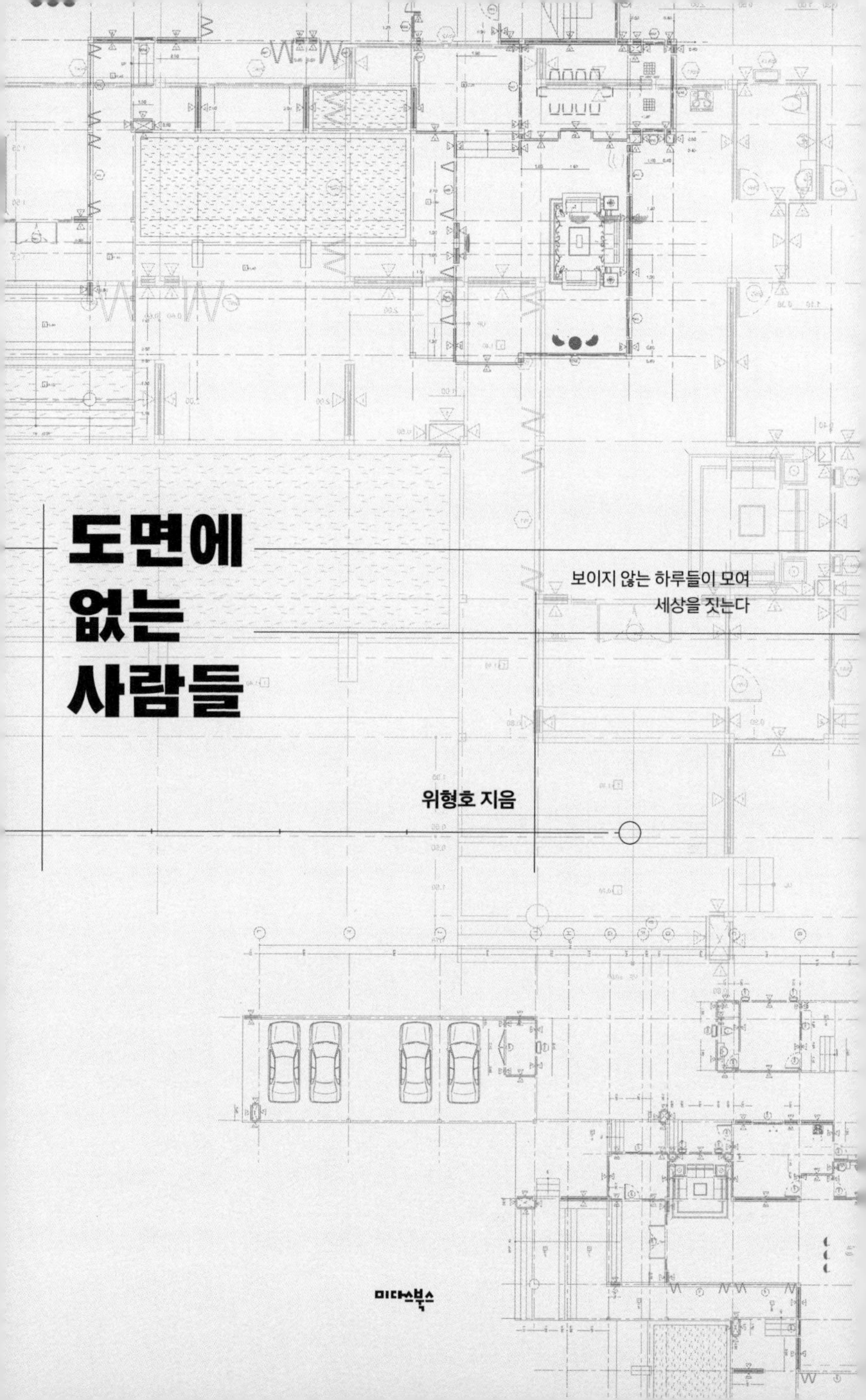

도면에
없는
사람들

보이지 않는 하루들이 모여
세상을 짓는다

위형호 지음

미다스북스

사회의 이면에서 이름 없이 스쳐 지나가는 하루의 인물들을

한 번쯤은 세상 앞에 세워보고 싶었다.

그분들이야말로 세상을 지탱하는 진짜 주인공이라는 사실을

말하고 싶었다.

현장에서 만난 사람들의 이야기는 대부분 기록되지 않는다.

이름도 남지 않고, 하루 동안 쏟아낸 힘과 땀도 바람처럼 사라진다.

짧은 스침에도 불구하고, 그들이 남기고 간

말 한마디와 행동 하나는 마치 기록처럼 기억 속에 남아 있다.

그들의 매일은 같았다.

그날의 일을 끝냈고,

다음 날에도 같은 시간, 같은 자리에 다시 서 있었다.

아무도 보지 않는 자리에서 묵묵히 자기 몫을 해낸 사람들이었다.

어쩌면 진짜 위대함은 크고 화려한 결과가 아니라,

그 결과를 가능하게 한 수많은 땀방울 속에 있는지도 모른다.

기록되지 않는 시간, 박수 없는 노력,

이름 없이 반복된 선택들 속에.

기록되지 않은
사람들

하루를 여는 아침의 모습은 다양하지만 현장은 언제나 긴장 속에 시작된다. 아직 해가 뜨기 전, 안전화를 신고 나오는 사람들의 발걸음은 무겁지만 단단하다. 누구는 가족을 위해, 누구는 다시 시작하기 위해, 누구는 오늘 버틴 만큼 내일이 달라지기 때문이라는 마음으로 하루를 연다. 나는 그 발걸음들을 곁에서 오래 지켜보았다.

현장은 우리가 얼굴을 모르는 수많은 사람들이 흘린 땀과 책임감으로 돌아간다. 화려하지 않고, 기록되지 않고, 뉴스가 되지도 않는다. 하지만 그들의 땀은 우리 일상의 바닥을 가장 조용하게 떠받치고 있었다.

이 책은 그 사람들에 대한 이야기다.

누군가의 아버지이고, 아들이며, 남편이고, 동시에 자기 삶을 치열하게 살아가는 한 인간인 사람들. 기술자이면서 철학자였고, 거칠어 보이지만 누구보다 따뜻했으며, 말이 없지만 행동으로 모든 것을 설명하던 사람들.

나는 그들에게서 삶을 배웠다.

책으로 배울 수 없는 것들, 말로 설명되지 않는 것들, 하루를 버티는 힘 같은 것들. 사람의 눈빛에서, 손등의 굳은살에서, 비 오는 날 젖은 장갑을 비틀어 다시 일어서던 그들의 등에서 나는 인간의 가장 솔직한 모습을 보았다.

이 책의 주인공은 아무도 아니다. 동시에 우리 모두이기도 하다.

현장을 움직이는 관리자도, 자재를 올리고 내리는 양중 작업자도, 무더위 속에서 묵묵히 하루를 버티던 외국인 친구들도, 그리고 이름조차 물어볼 시간이 없었던 수많은 얼굴들이 이 책의 한 문장, 한 장면 속에 함께 있다. 나는 거대한 담론을 말하려 하지 않는다. 카메라가 한 번도 비추지 않은 자리에서, 누군가의 하루를 묵묵히 지탱했던 사람들의 이야기.

바로 우리의 일상 그대로의 삶을 기록하고 싶었다.

그리고 무엇보다, 나는 그 목소리들이 잊히지 않기를 바라며 이 글을 썼다.

지나가는 하루들이 모여 결국 '세상'이 된다는 사실을, 이 책을 펼친 당신도 천천히 느끼게 되기를 바란다.

그들의 위대한 일상이, 이 책을 통해 작은 헌사가 되기를.

1부

현장의 문을 열며

나의 선생님들을
소개합니다

"여보, 내일 일찍 출근할 거야."

"내일은 어디 가는데?"

"강릉 현장 가야 해."

"몸도 아직 회복 안 되었는데 장거리 운전 괜찮겠어?"

한 달 전 갈비뼈가 다섯 대나 부러졌고 보름간 병원에 누워있었다. 몸이 완전히 회복되지는 않은 것 같지만 현장을 비울 수는 없었다.

그때의 사고는 너무 순식간이었다. 본 공사가 착수하기 전, 판넬로 가설 사무실을 만드는 작업이었다. 아래에서 사람이 판넬을 위로 올려주면 위에서 사람이 받아 올리고 있었다. 작업자분들이 낑낑거리며 올리는 것을 보고, 3단 높이의 작은 사다리를 딛고 나도 함께 올려드렸다.

　허리도 채 오지 않는, 겨우 60~70cm 높이의 사다리. 그렇게 판넬을 들어 올리던 순간, 사다리가 균형을 잃고 넘어졌다. 넘어지는 사다리 위로 내 몸이 그대로 떨어졌다. '악!' 소리와 함께 나는 구급차에 실려 병원으로 이송되었다. '잠깐'이라는 생각에 보호구 착용도, 안전이라는 생각조차 없었다. 그런데도 이상하게, 그 사고가 나에게 일어났다는 게 다행이라는 생각이 먼저 들었다. 더욱이 날카로운 판넬의 단면이 얼굴로 떨어졌다면… 생각하기도 싫다.

　아직 욱신거리는 가슴을 달래며, 그래도 이만한 게 다행이라는 안도감을 품고 운전대를 잡았다. 하늘은 아직 어둡고, 도로 위의 공기에는 밤과 아침이 뒤섞여 있었다. 창문을 닫아도 차창 너머로 지나가는 사람들의 움직임이 느껴졌다.

　각자의 이유가 있을 것이다. 가족을 만나러 가는 사람도, 출근을 서두르는 사람도, 그저 또 하루를 버티기 위해 운전대를 잡은 사람도. 누군가의 하루가 시작되는 모습을 새벽 도로에서 보면, 세상이 거대한 기계처럼 '이미 움직이고 있다'는 감각이 든다. 멈추는 법이 없고, 누군가가 잠든 동안에도 다른 누군가는 이미 일어나 움직인다. 그 리듬 속에 나도 섞여가는 느낌은 마치 모르는 누군가에게 응원을 받는 듯했다. 누군가를 이기는 것이 아니라 서로 응원해 주며 앞으로 달려가고 있는 느낌.

나는 건설 회사에서 일한다.

사무실 의자에 앉아 있는 시간보다 '현장'에서 일하는 시간이 더 많은 사람이다. 아침에 안전화를 신는 순간부터 하루는 달라진다. 현장에 서면 직함은 금방 희미해진다. 대표든, 대리든, 새로 들어온 신입이든. 먼지가 날리고 바람이 불어오는 공간에서는 모두 같은 속도로 움직여야 한다.

현장에는 많은 사람들이 모인다. 기술 하나로 평생을 살아온 사람, 인생의 어느 순간에서 방향을 틀어 이 일에 들어온 사람, 가정을 지키기 위해 손끝에 모든 것을 걸고 움직이는 사람. 그들의 하루를 곁에서 보고 있으면 일이라는 것이 단순한 생계가 아니라 삶 그 자체라는 생각이 들 때가 많았다.

대부분 사람들은 이 일을 한 단어로 정리한다. '노가다.'
힘들고, 거칠고, 먼지 날리고, 땀 흘리는 일. 곁에서 보면 그게 전부다. 하지만 그 속에서 나는 사람을 보고, 삶을 보고, 때로는 세계를 본다.

현장에 서 있으면 계절이 가장 먼저 찾아온다. 날이 너무 뜨겁거나, 너무 춥거나, 비가 오거나 눈이 오거나… 사람은 날씨에 민감해지고, 날씨는 사람의 성격을 조금씩 바꿔놓는다. 날씨만 봐도 오늘 현장이 힘들지, 잠잠할지 대략 감이 온다. 누군가는 욕하고, 누군가는 담배를 피우고, 누군가는 묵묵히 일만 한다. 그 안에는 작은 사회가 있고, 온갖 감정이 오가는 세상이 있다.

나는 그 세계가 싫지 않았다. 오히려 세상의 축소판 같았다. 누구보다 뉴스에 밝고 정치·경제·사회 흐름을 빠삭하게 알고 있는 사람들이 현장에 많다. 점심시간만 되면 테이블마다 자연스럽게 토론이 벌어진다. 입담 좋은 아저씨들은 〈100분 토론〉을 능가하는 열기로 정치 얘기를 쏟아낸다. 그런데 TV와 다른 점이 하나 있다. 이기려 하지 않고, 이길 필요도 없다. 그냥 자기 생각을 말하고, 누군가의 이야기를 듣고, 그러다 다시 일하러 간다. 아주 평범하고 일상적인 현장의 모습들이다.

때로는 현장소장이라는 직함으로 현장에 나가지만, 작은 현장에서는 잡일을 도맡는 작업자이기도 하다. 현장은 매일 같은 일이 거의 없다. 직간접적으로 여러 일을 접해 보았지만, 매일 변화무쌍한 하루를 이토록 꽉 채워주는 곳은 결국 현장밖에 없었다. 어떤 날은 학교 같다. 안전 교육 받고, 새로운 기술 배우고, 누가 뭘 잘했는지 이야기 나누는 날. 어떤 날은 전쟁터 같다. 예상치 못한 문제가 터지고, 공정은 밀리고, 서로가 서로를 다그치고, 긴장과 분노가 뒤섞인 뜨거운 공기 속에서 시간을 쫓아다닌다. 또 어떤 날은 인간의 모든 감정이 오가는 작은 사회처럼 느껴진다. 하루 동안 겪는 감정의 폭이 영화 한 편보다 넓다.

처음 회사에 들어갔을 때, 나는 '카리스마 있는 상사'가 되어야 한다고 믿었다. 현장에서는 강해야 하고, 무섭게 지시해야 하고, 틀림없이 판단해야 한다고 생각했다.

그래서 "잘못되었어요.", "재시공하셔야 해요.", "이것만 하고 가시면 돼요."라고 말하곤 했다. 현장 말로는 "데나우시예요.", "바라시하고 다시 하세요.", "야리끼리예요."라고 한다.

당시 나는 그 말들의 정확한 의미도, 무게도 제대로 알지 못했다. 그저 "현장은 이렇게 하는 거다."라는 선배들의 말만 믿고 따라 했다. 모르면서 화를 냈고, 일단 우기고 보기도 했다. 그게 능력인 줄 알았다. 어설픈 권위가 나를 지켜줄 거라고 착각했다. 멀리서 그 모습을 지켜보던 사수는 "그래, 현장은 그렇게 하는 거야."라고 했다. 하지만 몇 년이 지나고 나서야 진짜를 알게 되었다. 아저씨들은 그냥 '풋내기 하나 설치네.' 그 정도로 귀엽게 봤을 뿐이라는 걸. 잘잘못 따질 가치도 없는, 이제 막 사회에 나온 젊은 사람의 몸부림 정도로 봤을 것이다.

나는 그걸 인정하는 데 그리 오래 걸리지는 않았다. 권위는 말로 쌓는 게 아니라는 걸, 힘은 목소리 크기로 생기지 않는다는 걸. 그리고 현장에서 '가장 많이 배우는 사람'은 경험이 많은 사람이 아니라, 타인의 경험을 경청하는 사람이라는 것을 깨닫게 되었다.

현장에서 나는 수많은 '선생님'을 만났다. 나보다 어린데도 삶의 깊이를 가르쳐준 사람들. 말은 거칠지만 마음은 누구보다 따뜻한 사람들. 작업복에 묻은 먼지와 땀을 닦으면서도 한숨 대신 웃음을 먼저 건네는 사람들. 눈빛만 봐도 오늘 어떤 하루를 보냈는지 알 수 있는 사람들. 그들을 보면서 나는 학교에서도 책에서도 보지 못하는 것을 배웠다. '나는 어떤 인간이 되고 싶은가.' 그 질문을 현장이 늘 내게 던졌다.

세상은 건설 노동자를 '기술자', 그리고 '막일꾼'으로 이분법적으로 나눈다. 하지만 이 안에 발을 담근 사람들은 그렇게 생각하지 않는다. 이 일은 우리 아버지들의 땀방울이고, 아버지들의 삶과 희생이자, 가정을 살린 누군가의 이야기고, 삶을 지탱하기 위해 오늘도 현장에 서는 모든 사람의 이야기다.

나는 거창한 이야기를 하려는 게 아니다. 그냥 있는 얘기를 하려 한다. 그저 우리 주변의 사람 이야기를 하려는 것이다. 사람마다 사정은 다르지만 여기서는 모두가 똑같은 무게로 하루를 버틴다. 나는 그 무게를 글로 남기고 싶었다.

평소에는 스포트라이트를 받지 않는 사람들의 이야기. 연예인은 연말에 카메라 조명을 받고 상을 받지만, 우리는 그런 화려함과 거리가 멀다. 하지만 가까이서 보면 그 누구보다 강하고, 뜨겁고, 정직한 사람들이다. 그들의 삶은 소설보다 더 소설 같고, 영화보다 더 생생하고, 그 어떤 문학보다 인간적이다. 그들의 이야기를 전달할 나의 능력이 부족할지

언정, 그들 안에는 눈물도 있고, 분노도 있고, 때로는 뜨거운 웃음도 있다.

내가 이 글을 쓰는 이유도 바로 거기에 있다. 사회의 이면에서 이름 없이 스쳐 지나가는 하루의 인물들을 한 번쯤은 세상 앞에 세워보고 싶었다. 그분들이야말로 세상을 지탱하는 진짜 주인공이라는 사실을 말하고 싶었다. 언젠가 누군가가 이 책을 읽고 "이런 세계가 있었구나. 이런 사람들이 있었구나."라고 말해준다면 그것만으로 충분하다. 아니. "이 이야기는 반장님 이야기예요. 제 선생님이 되어주셔서 고맙습니다."라고 전달하고 싶은 마음이다.

"이 책은 다른 누구의 이야기를 쓰기 전에 먼저, 나의 이야기에서 시작한다." 이 문장을 적으며 나는 잠시 멈칫했다. 현장은 늘 '오늘'을 살아내느라 바빠서, 정작 나를 돌아볼 여유가 잘 없다. 하지만 누군가의 하루를 지켜보는 일은 결국 나를 비추는 일이기도 하다. 이 일은 새로운 현장에서 새로운 사람을 만나게 되는데, 1년에 백 명은 족히 만나고 헤어진다. 이름도, 얼굴도 흐릿해질 만큼 많은 사람들. 하지만 그들과 함께 맞았던 바람, 함께 먹었던 점심, 같이 들이마시던 먼지

냄새는 이상하게도 오래 남는다.

　그래서 나는 기록하기로 했다. 건물만 짓는 것이 아니라, 사람이 하루를 어떻게 쌓아 올리는지를 쓰기로 했다. 땀과 숨, 기술과 체온으로 만들어진 그 세계를 글로 옮겨보기로 했다. 그리고 지금, 그 속에서 마주했던 사람들의 이야기를 차근히 꺼내 보려 한다.

일상으로의
초대

건설업, 그러니까 흔히 말하는 '노가다'의 일상은 우리가 상상하는 것보다 훨씬 더 솔직하고, 더 육체적이며, 더 치열하다. 말 그대로, 더울 때는 누구보다 더 뜨거운 곳에서 일하고, 추울 때는 누구보다 더 추운 곳에 서 있어야 한다. 이 말은 과장이 아니라, 현장을 움직이는 사람들이 매일 체감하는 현실이다. 나는 종종 현장에서 일하는 사람들을 특수부대원에 비유한다. 위험하면 위험대로, 힘들면 힘든 대로 가장 먼저 투입되는 사람들이 특수부대라면, 세상의 기반을 만들기 위해 땀을 쏟는 사람들 역시 그와 다르지 않다. 누군가는 반드시 해야 하고, 누군가는 그 자리를 지켜야 한다. 그 일을 묵묵히 해내는 사람들, 그들이 바로 이 시대의 또 다른 특수부대원들이다.

날씨와의 싸움

내가 겪은 가장 혹독한 더위는 사우디아라비아였다. 여름 평균 기온이 42도, 그 이상 올라가는 날도 흔했다. "덥다."는 말로는 부족하고, 숨을 들이켜는 순간 "사람이 죽을 수도 있겠다."는 생각이 들 만큼의 열기였다. 너무 뜨거워서 낮 12시부터 3시까지는 의무적으로 야외 작업이 금지된다. 그 시간대엔 바람도 뜨겁고, 모래도 뜨겁고, 공기조차 뜨겁다. 도망칠 그늘조차 없다. 그래서 새벽에 일을 시작해, 해가 떨어진 뒤까지 이어진다. 사우디 사람들은 이런 환경에 맞춘 옷을 입는다. 햇빛을 반사하는 흰색 토브, 뜨거운 공기를 차단하는 구트라. 하지만 외국인 작업자들에게는 그런 선택의 여유가 없다. 40도를 넘어가는 사막 더위 앞에서는 누구나 인간일 뿐이다. 똑같이 지치고, 똑같이 타고, 똑같이 버틴다.

한국이라고 쉽지 않다.

특히 도로공사는 여름의 한복판을 그대로 맞아야 한다. 아스팔트 위에 서기만 해도, 발바닥 아래에서 올라오는 열기가 몸을 덮친다. 자동차가 지나갈 때마다 뿜어져 나오는 뜨거운 매연은 마치 거대한 열풍기가 사람을 향해 쏘는 바람 같다. 물차가 하루에도 몇 번씩 물을 뿌리지만, 몇 분이면 다시 바싹 말라버린다. 그림자 하나 없는 공간에서 한낮을 버티는 것, 그 자체가 이미 '노동을 넘는 노동'이다.

하지만 현장의 진짜 적은 겨울일지도 모른다. 겨울 공사는 시작과 동시에 고통을 품고 들어가는 일이다. 발은 늘 젖어 있고, 양말은 금방 얼고, 손끝과 발끝은 깨질 듯 시리고, 작업 능률은 떨어진다. 현장에서는 겨울 공사를 꺼리지만 장기 프로젝트는 동절기를 피할 수 없다. 보양, 동파 방지, 난방기 설치 등. 돈은 돈대로 들어가고, 몸은 몸대로 얼어붙는다. 추위는 사람을 느리게 만들고, 기계도 사람도 함께 무거워진다. 특히 눈이 내리면 현장은 한순간에 멈춘다. 미끄럼 사고 위험이 커지고, 트럭과 장비는 제자리에서 버둥댄다. 자재 운반은 끊기고, 천막은 무게를 견디지 못해 주저앉는다. 한번은 강릉에서 큰 눈이 쏟아져 가설 사무실이 무너진 적도 있다. 그 며칠 동안은 공사보다 눈 치우는 일이 더 중요했다. 이런 이유로 건설업에서는 웬만하면 동절기 공사를 피하려 한다. 실제로 많은 공사들이 겨울철에는 발주 자체를 하지 않는다. 건설업 종사자들에게 동절기는 잠시 쉬어가는 '휴식기' 같지만, 동시에 일거리가 끊기면 수입도 끊기는, 가장 위험한 시즌이기도 하다. 동절기 공사는 돈을 벌기보다, 못 벌거나 까먹거나, 잘해야 유지하는 일이다.

현장은 날씨에 절대적으로 민감하다. 더위와 추위도 문제지만, 비와 눈은 또 다른 형태의 '멈춤'과 '혼란'을 가져온다. 여기에 바람까지 거칠게 불면, 타워크레인이 멈추고 현장 전체가 서게 된다. 특히 비가 오는 날은 아침에 현장까지 나갔다가 작업이 불가능해 다시 집으로 돌아가는 일이 흔하다. 일용직에게는 그 하루의 일당이 통째로 사라지는 순간이고, 관리자나 팀장 입장에서는 공정을 어떻게 메울지 머리가 복잡해진다. 작업은 중단되는데 공사 기간은 그대로 흘러가니, 누구에게도 편안한 날씨란 없다.

현장은 더워도 문제, 추위도 문제, 비와 눈이 와도 문제다. 이런 모든 변수 속에서도 작업자들은 늘 시간을 맞추기 위해 방법을 찾고, 버티고, 다시 일어선다.

컴백홈을 꿈꾸며

잠자는 방식과 생활 터전 자체가 달라지는 일이기도 하다.

사무직이라고 해도 본사만 오가는 게 아니라 현장에 따라 주소지가 수시로 바뀐다. 부산에 현장이 생기면 부산으로, 광주에 공사가 잡히면 또 광주로 가야 한다. 해외라면 말할 것도 없다. 한 번 나가면 보통 6개월에 한 번 들어오는 것이 일반적이다.

작업자도 마찬가지다. 장기 프로젝트가 있는 현장이라면, 아예 그 지역에 임시 숙소를 잡고 지내야 한다. 일주일에 한 번 집에 다녀오는 것조차 쉽지 않다. 체력, 거리, 비용 어느 것 하나 만만치 않다.

규모가 작은 현장은 그나마 사정이 낫다. 짧은 공사라면 통근이 가능하거나 집에 조금 더 자주 갈 수 있다. 하지만 공사라는 일의 특성상, 대부분은 타지 생활과 외박을 피할 수 없다. 시골에 위치한 현장은 주변에 마땅한 숙소가 없어 달방을 얻어 살거나, 모텔에서 장기 투숙을 하는 게 일상이다. 하루가 끝나도 편히 쉬는 '내 집'이 없는 것, 그것이 이 일의 또 다른 고단함이다.

결국 이 일에서 가장 힘든 점은 가족과 함께할 시간이 절대적으로 부족하다는 것이다. 일도 일이지만, 삶의 중요한 순간을 곁에서 지켜주지 못한다는 죄책감과 아쉬움이 늘 따라다닌다. 밤마다 좁은 방에 누워 "이번 주말엔 집에 갈 수 있을까?" 그 생각이 쌓인다. 현장이 바뀔 때마다 삶이 통째로 이동하는 이 생활. 그것도 건설업이라는 세계가 가진 일상의 한 조각이다.

집밥이 그리워

현장에서 먹는 밥은 늘 상황과 현장 규모에 따라 달라진다. "잘 먹어야 일도 잘한다."는 말이 있지만, 실제 공사 현장의 환경에서는 그 말이 마음처럼 쉽게 실현되지는 않는다. 큰 현장이라면 '함바집'이라고 불리는 건설 근로자 전용 식당이 따로 있다. 문제는 점심시간이 모두 똑같다는 것이다. 작업자들이 한꺼번에 몰려 내려오면 줄 서는 데만 20분, 밥 먹고 자리 정리하고 나면 쉬기도 전에 점심시간이 끝나버린다.

작은 현장은 더하다. 주변 식당에서 사 먹는다고 해서 시간의 여유가 생기는 것도 아니다. 보통은 시간을 아끼려고 가까운 데서 빨리 먹고 빨리 쉴 수 있는 곳을 찾아다닌다. 메뉴도 항상 비슷비슷하다. 현장 근처에 해장국집 하나뿐이면 일주일 내내 해장국만 먹는 게 우리의 점심 풍경이 된다. 그래서 현장 사람들은 은근히 백반집을 가장 선호한다. 이유는 단순하다. 집에서 먹던 밥과 국, 익숙한 반찬이 그립기 때문이다. 특히 도로공사 현장은 식사 문제가 더 심각하다. 주변에 식당이라고는 하나도 없고, 사람이 살지 않는 외곽이나 국도 한복판에서 공사를 하다 보니 밥 먹을 만한 곳이 아예 없다. 간혹 밥을 먹으려면 차를 타고 20~30분씩 나가야 겨우 식당이 하나 보인다. 밥을 먹고 돌아오면 이미 점심시간은 다 지나 있기 마련이고, 쉬지도 못한 채 바로 현장으로 복귀해야 한다. 이런 이유로 도로공사 사람들은 점심시간이 오히려 더 힘들다고 말한다. 밥을 먹는 게 아니라, 밥을 해결하고 다시 뛰어드는 느낌이기 때문이다. 이러한 일상에서 우리들에게 "집밥"은 어쩌다 주말에나 먹을 수 있는 선물이 된다. 타지 생활이 많고, 잠자리도 일정치 않다 보니 정성스럽게 차려진 따뜻한 밥 한 끼가 주는 안정감이 더 크게 느껴진다.

결국 마음 한쪽엔 "집에서 먹는 평범한 밥상"을 그리워하는 공통된 갈증이 인 것이다.

화장실이… 어디예요?

일을 하다 보면 먹는 일, 자는 일만큼이나 중요한 것이 있다. 바로 화장실 문제다. 현장에서는 이 기본적인 생리 현상

하나가 생각보다 큰 장벽이 된다. 큰 현장에는 이동식 간이 화장실이나 컨테이너 화장실이 설치되어 있지만, 수백 명이 하루 종일 드나드는 공간이 집처럼 깨끗하기는 어렵다. 그래서 어떤 날은 문을 열자마자 한숨이 먼저 나온다. 누가 급하게 다녀갔는지, 사용 흔적이 그대로 남아 있을 때도 많다. 이런 경우, 청소 담당자가 그 뒤처리를 하느라 애를 먹는다. 말하기 힘든 비밀이지만 현장 내에 노상 방뇨의 흔적도 있다. 그럴 때면 '화장실까지 내려갈 여유조차 없었겠지.'라는 생각을 한다. 현장은 그만큼 시간이 촉박하고, 작업 흐름이 끊어지면 안 되는 순간들이 많기 때문이다.

작은 현장은 또 다른 고생이 있다. 보통은 이동식 간이 화장실 하나를 놓고 쓰는데, 여름에는 벌레와 냄새 때문에 문을 여는 순간부터 숨을 참아야 할 때가 많다. 반대로 겨울에는 안이 너무 차가워 앉아 있는 것 자체가 고역이다. 그래서 아예 차를 타고 근처 휴게소나 마트로 이동해 볼일을 해결하고 오는 경우도 적지 않다. 현장에서 일하는 사람이라면 누구나 한 번쯤 겪어본, 말하지 않아도 알 수 있는 그 독특한 절망감이다.

이런 이야기들은 겉으로 드러나지 않는 현장의 '어려움'이다. 그래서 나는 현장의 어려움을 토로할 때 먹고 자고, 그리고 싸는 일까지 포함된다고 생각한다. 이 가장 기본적인 요소가 현장의 일상에서는 쉽지 않다. 이 모든 불편함 속에서도 묵묵히 자신의 일을 이어가는 사람들.

그들이 만든 길 위를 우리가 걷고, 그들이 만든 건물에서 우리가 살고, 그들이 만든 세상에서 우리가 살아간다.

그래서 나는 이 일상의 문을 조금 더 열어 독자 여러분을 그 안으로 초대하고 싶다.

현장의 문을 여는
사람들

내가 이야기하려는 사람들은 한 현장에서 만난 사람들이 아니다. 몇 년씩 함께한 사람도 있고, 한두 달만 스쳐 지나간 사람도 있다. 어떤 곳에서는 밥을 같이 먹고 숙소에서 같은 공기를 마셨고, 어떤 곳에서는 휙 지나갔지만 묘하게 오래 기억에 남아 있는 사람들이다.

임원도, 부장도, 차장도, 과장도, 대리도, 사원도.

직함은 다르지만 결국 모두 같은 세계에서, 같은 방향을 향해 움직이는 사람들이다. 맡은 업무가 달라도, 현장이라는 배의 운전대를 함께 쥐고 있었다. 신기한 건, 이 '직급'이라는 이름표가 붙은 사람들의 분위기는 어디를 가도 거의 비슷하다는 것이다. 국밥집 반찬이 지역마다 다르면서도 결국 비슷한 맛을 내듯, 현장의 관리자들도 공사 규모와 회사가 달라도 태도, 말투, 눈빛에는 공통된 공기가 있었다.

현장의 아침

건설 현장의 관리자들은 군대의 연장선이라고 해도 과장이 아니다. 아침 5시 40분이면 알람이 울리고, 세수하고, 양치하고, 눈을 뜬 건지 감은 건지 모르는 상태로 출근을 한다. 6시 30분까지는 사무실에 도착해야 하고, 6시 40분이면 이미 안전모를 들고 현장의 체조장에 줄지어 서 있어야 한다. 대부분은 손이 주머니로 들어가려는 걸 억지로 참거나, 눈꺼풀이 무거워 안전모를 더 깊게 눌러쓴다. 6시 50분이 되면 어김없이 음악이 울린다.

체조 시간이다. 해는 아직 떠오르지 않았고, 바람은 밤공기처럼 차다. 그런데도 사람들은 묵묵히 팔을 들어 올리고, 허리를 돌리고, 종아리를 굽혔다 편다. 얼굴은 무표정이지만, 움직임은 정확하다. 긴 하루를 버틸 최소한의 예열 같은 시간이다. 앞에서 관리자는 금일의 주요 공정을 말하고, 작업자들은 듣는지 안 듣는지는 모르겠다. 그리고 체조가 끝나면 TBM Tool Box Meeting이 이어진다. 오늘 할 작업, 위험 요소, 장비 체크, 동선, 주의 사항을 공유하는 시간이다. 정확한 전달을 위해 꽤 중요한 시간인데 솔직히 말해 다들 반쯤 졸린 얼굴이다. 머리로는 이 10분이 하루 전체의 사고를 막는 시간이라는 걸 모두 알고 있지만, 몸은 누적된 피로를 이겨내지는 못하는 듯하다. 그리고 TBM이 끝나면 이어지는 구호가 있다.

"좋아! 좋아! 좋아!" 뭐가 좋은 건지 모르겠다. 아직 해도 안 떴고, 몸도 덜 깼고, 아무도 진심으로 좋지 않다. 하지만 현장은 늘 자기 계발서의 핵심인 '긍정의 힘'으로 시작을 하는 것이라 생각한다. 사실은 어쩌면, '이만큼이라도 말하지 않으면 버티기 힘든 하루'일지도 모른다.

현장의 최전선들

초반에 나는 이 모든 것을 받아들이기 힘들었다.

체조도, "좋아! 좋아!"도, 사람들에게 호루라기를 불며 지시하는 것도, 어딘가 내 몸과는 맞지 않는 옷처럼 느껴졌다. 아침부터 사람들 앞에 서서 체조하고, 호루라기를 불며 목소리를 키우는 것도, 모두 나에게 쉽지 않은 일이었다. 이 세계 안으로 발을 디뎠다면 익숙해지고 배워야 했지만, 그때의 나는 배우는 법도, 타협하는 법도, 수긍하는 법도 몰랐다. 익숙

하지 않은 세계 앞에서 내가 가진 고집만 꺼내 들었을 뿐이다. 사수는 나를 데리고 다니며 끊임없이 말했다.

"다리 꼬는 거 안 돼."

"팔짱 끼는 거 안 돼."

"주머니에 손 넣는 거 안 돼."

"선글라스 안 돼." 그야말로 '안 돼'의 연속이었다.

현장은 규칙의 집합체였고, 그 규칙들을 어기는 순간 '예의 없는 신입', '기본이 안 된 애'가 되었다. 그러다 어느 날 문득 이렇게 생각했다. '그래, 나는 지금 이등병이다.' 그 스위치를 마음속에서 딱 켜는 순간부터 모든 게 조금씩 덜 어색해졌다. 뛰어다니는 것도, 호루라기를 불며 사람들을 움직이는 것도 조금씩 자연스러워졌다. 그렇다고 내가 일 잘하는 신입은 아니었지만, 스스로 세뇌를 시킨 효과는 조금씩 나타났다. 사수는 그런 나를 바라보며 '이제야 밥값은 하네.'라는 눈빛을 보냈다. 신입이 처음 배우는 것은 특별한 기술이 아니라, 그저 기존의 틀 안에 들어가 하나가 되는 일이었다.

하지만 정작 나는 내가 진짜 배워야 할 것을 한동안 놓치고 있었다.

어느 조직이든 "대리가 일을 다 한다."는 말이 있다.

건설 현장도 마찬가지다. 대리는 하루 종일 현장을 가로지른다. 사무실과 현장을 오가고, 도면과 현실을 오가고, 사람과 사람 사이를 쉴 없이 왕복한다. 도면대로 시공되는지 확인하고, 앞뒤 공정을 조율하고, 검측 일정을 맞추느라 하루 종일 무전기와 전화가 쉴 틈이 없다. 하나라도 놓치는 순간 전체 공정이 엉키기 때문에 대리는 늘 반걸음 앞에서 움직인다. 한 번 놓치면 문제가 생기고, 문제가 생기면 가장 먼저 깨지는 직급도 대리다. 그래서인지 대부분의 대리들은 늘 날카롭고, 예민하다. 나 역시 어느 순간 거울 속에서 그 얼굴을 발견했다. 거친 말투에, 바쁜 발걸음. 눈빛도 전화기도 바빠져 정신없는 모습이 언젠가 보던 선배들의 표정과 닮아 있었다. 현장은 사람을 그렇게 만든다. 더 서러운 건, 그렇게 뛰어다니며 해결한 일들이 정작 위에서는 잘 보이지 않는다는 사실이다. 문제가 생기지 않은 하루는 그만큼 발에 땀이 나도록 뛰어다니는 하루였고, 그러면 현장은 그저 '조용히 지나간 하루'가 된다, 그 안에서 대리가 얼마나 뛰었는지는 기록되지 않는다. 칭찬은 잘 나오지 않고, 실수만 선명하게 남는다. 위 직급에서도 다 겪었던 일인데도 막상 그 역할을 내가 하고 있을 때는 작은 칭찬 하나에도 마음이 흔들리고, 인정받지 못하면 서운함이 오래 남는다.

대리는 작업자들과 가장 많이 대화하고, 협의하고, 때로는 부딪히기도 한다. 어떤 날은 중재자이고, 어떤 날은 해결사이고, 어떤 날은 방패막이가 된다. 현장의 불만과 회사의 요구가 대리라는 이름 위에서 충돌한다. 그 사이에서 균형을 잡는 일은 생각보다 훨씬 고단하다. 그래서 대리는 현장의 가장 뜨거운 중심에 서 있는 사람이다. 열기와 압력이 가장 먼저 몰려오는 자리. 누군가는 그 자리에 서 있어야 현장이 굴러간다.

무거워지는 어깨

공무과장님은 담배를 정말 많이 피웠다. 스스로 하루 두 갑이라고 말했지만 그건 '아침에 두 갑만 들고 왔기 때문'이다. 오후 2~3시면 이미 두 갑은 흔적도 없이 사라졌고 휴지통에는 빈 케이스만 남아 있었다. 그럼 어떻게 하느냐. 직원들에게 돌아다니며 묻는다.

"야, 담배 있냐? 두 개만 줘 봐." 그렇게 받은 담배 두 개를 연달아 입에 문다.

하나가 거의 꽁초가 될 때쯤, 새로운 담배가 그의 입술에 이미 물려 있다. 필터까지 타들어 간 꽁초로, 새 담배에 불을 옮긴다. 바로 앞 함바집에 점심을 먹으러 가는 길에도 두 대, 밥 먹고 오는 길에도 두 대. 사무실 도착해서 커피 한 잔과 함께 또 두 대. 담배 연기는 그의 하루를 감싸는 안개처럼 따라다녔다.

무광 흑색의 군용차 같은 얼굴빛. 지금은 살아 계시려나 모르겠다. 하지만 공무 일을 해보니 그 마음을 조금은 이해하게 되었다. 예산과 정산, 협력사와의 조율, 기성 업무. 이 일은 머리가 빠르게 돌아가야 하고, 정확함도 필요하다. 그리고 그 모든 건 결국 '책임'이라는 스트레스와 맞닿아 있다. 그 스트레스를 견디는 방식이 어떤 사람은 술이고, 어떤 사람은 커피이고, 어떤 사람은 담배일 뿐이었다. (그 과장님은 세 가지 다했던 기억이…)

차장님은 보통 공사 전체를 총괄한다. 현장의 흐름, 일정, 공정, 인력 배치, 협력업체의 작업 상황, 안전 점검, 민원 대응까지. 말 그대로 '공사'를 움직이는 자리다. 한마디로 말하면, "판 전체를 보는 사람"이다. 자연스럽게 악역이 될 수밖에 없다. 누군가는 지적해야 하고, 누군가는 밀어붙여야 하고, 누군가에게는 미안한 말을 해야 한다.

내가 기억하는 차장님 두 분이 있다. 한 분은 직원들에게 예리하고 날카로운 차장님. 말투는 까칠했고, 사소한 것도 눈에 띄면 바로 지적과 욕부터 날라왔다. 직원들은 긴장했고, 작은 실수에도 마음이 무거워졌다. 다른 한 분은 직원들에게 한없이 너그럽고 조용히 챙겨주는 차장님이었다. 문제가 생기면 먼저 직원의 사정을 듣고 같이 해결 방법을 찾았다. 그런데 아이러니하게도 두 번째 차장님이 회사에서 더 욕을 먹는다.

직원들이 보기엔 천사지만 현장 소장님의 평가에서는

"사람을 저렇게 풀어주면 안 돼."

"저런 식이라서 공정이 밀리는 거야."

"나약하다."라는 말을 듣는다. 반대로 날카로운 차장님은 소장님에게 인정받는다.

'관리하기 편하다', '현장은 기본적으로 항상 긴장되어 있어야 한다'라는 이유이다. 현장은 모든 압박이 위에서 아래로 내려가기 때문이다. 공사 기간, 예산, 안전, 품질, 민원. 모든 스트레스는 계단처럼 아래로 흘러간다. 그리고 누군가는 그

악역을 맡아야 한다. 나도 나중에 리더가 되고 나서야 조금 이해하게 되었다. 때로는 악역을 자처하는 사람이 필요하다고. 그래야 그 밑의 사람들이 조금이라도 덜 다친다고 믿기 때문이다. 하지만 동시에 안다. 그런 역할은 사람을 서서히 소모시키는 일이라는 걸. 삶의 온도를 조금씩 낮춰버리는 자리라는 걸.

부장님, 즉 현장소장은 이 세계의 최종 결론을 책임지는 사람이다. 현장이 커질수록 그 위에는 이사나 상무 같은 임원들이 얹히기도 한다.

겉으로 보기엔 '건물 짓는 현장의 대장' 정도로 보이지만 현장은 하나의 회사와 다르지 않다.

직원 급여와 복지를 챙기는 관리팀, 예산·정산·서류를 담당하는 공무 팀, 현장의 안전을 책임지는 안전 팀, 자재 품질을 검수하는 품질 팀, 그리고 건축·토목·설비·전기·조경 등 각 공종 팀. 현장마다 중심이 다르지만, 보통은 토목 현장은 토목 팀, 건축 현장은 건축 팀, 플랜트는 설비 팀, 전력 현장은 전기 팀이 중심이 된다. 그 모든 중심에 있는 사람이 바로 소장님이다.

직원들은 소장님을 어려워한다. 지시 하나하나가 어쩐지 더 무겁고 눈빛 하나에도 공기가 달라진다. 하지만 그들이 짊어지는 책임은 상상 이상이다. 예산은 반드시 지켜야 하고, 이윤도 남겨야 하고, 정해진 공기 안에 끝내야 하고, 안전사고는 단 하나도 나면 안 된다. 품질은 완벽해야 하고, 감리단과 시청과 협조하며 민원도 즉시 해결해야 한다. 협력업체는 늘 기성금_{공사금액}을 더 달라고 하고, 더 주면 회사에서는 문제가 되고 조율해야 할 상황은 끝이 없다.

겉으로 보면 화려하다고 할 수 있을지 모르지만, 실제는 고독하고 버거운 자리다. 누구에게도 쉽게 털어놓지 못하는 고민들이 그들의 밤을 지탱하고 있을 것이다.

나는 여러 현장을 다니며 소장님들, 차장님들, 과장님들, 대리님들, 사원분들이 얼마나 큰 책임을 지고 있는지 곁에서 지켜봤다. 나는 그분들이 만들어 온 세계의 일부를 빌려 조금씩 자라왔다. 그리고 이렇게 말하고 싶다.

"고맙습니다. 당신들의 책임감이, 누군가의 하루를 지키고 있었습니다."

다음 장에서는 그 관리자들보다 더 현장의 최전선에서, 몸

으로, 땀으로 세상을 '만들어 내는' 사람들의 이야기를 하려
한다. 그 사람들은 기술자이면서 예술가이기도 한 사람들이
다. 그리고 그 사람들의 하루를 이해하면, 비로소 '현장'이라
는 세계가 어떻게 움직이는지 선명해진다.

아침을 여는 발걸음

알람은 5시 30분에 울린다.

나는 그 소리에 깨는 게 아니라,

그 소리를 기다리며 눈을 뜬다.

이미 10분 전부터 눈은 떠져 있었지만

몸은 아직 이불 속에 붙어 있다.

이불을 걷어내는 순간 한기가 그대로 몸 안으로 들어온다.

차가운 공기가 뼛속으로 밀려들고 몸은 본능적으로

다시 웅크리려 한다.

그래서 겨울의 아침은 언제나 전투적이다.

이불과 몸, 그리고 오늘이라는 하루.

이를 악물고 이불을 걷어차고

어둠 속에서 옷을 더듬어 입는다.

밖으로 나오는 순간, 숨이 하얗게 새어 나온다.

아직 세상은 깨어나지 않았지만

나만은 이미 늦은 사람처럼 서둘러 걷는다.

6시 20분, 인력 사무실.

난로 앞에 사람들이 모여 있다.

모두 말이 없다.

어제 어떤 일을 했는지,

오늘 무엇을 하게 될지 묻지 않는다.

우리는 그저 난로를 사이에 두고

조용히 서로의 체온을 나눈다.

조금 뒤,

이름이 불린 사람부터 하나씩 사라진다.

이미 일을 맞춰 둔 사람들은 자기 현장으로 데려가진다.

남은 사람들은 난로에 더 가까이 다가선다.

불이 아니라, 오늘의 희망에 몸을 대듯이.

나도 그중 하나다.

이렇게 있다가 일을 못 잡으면

그대로 집으로 돌아가야 한다.

오늘이라는 하루가 아무 일도 없이 접혀 버릴지도 모른다.

그러다 다행히, 내 이름이 불린다.

폐기물 반출 작업.

엘리베이터 없는 4층짜리 현장.

현장에 도착하자 부서진 벽체, 못이 박힌 각재,

날카로운 타일 조각들이 한가득 쌓여 있다.

그걸 하나씩 안아 들고 1층까지 내려와야 한다.

손이 베이고, 허리가 쑤시고, 숨이 가빠지는 일이다.

그런데 마음이 조금 놓인다.

힘들어도 괜찮고,

위험해도 괜찮다.

오늘은,

집으로 그냥 돌아가지 않아도 된다.

2부

땀으로 쌓아 올린 하루들

땀의 무게

시멘트가 현장에 들어오는 날이면 보통 풍경은 비슷하다.

8톤 트럭이 천천히 후진해 들어오고, 적재함 위에 팔레트가 반듯하게 쌓여 있다. 지게차가 와서 팔레트째 내려주면 작업자들은 그걸 옮기기만 하면 된다. 흙먼지가 잦아들 때까지 지게차의 엔진음이 현장을 울리고, 일정한 리듬으로 팔레트가 바닥에 내려앉는다. 그날도 그렇게 지나갈 줄 알았다. 하지만 트럭이 도착한 뒤 트럭 짐칸을 보니 팔레트는 없이 시멘트가 적재되어 있었다. 기사님은 이미 장갑을 끼고 있었고, 주변을 두리번거리며 어디에 자재를 두면 되는지 물었다.

"기사님, 지게차는요? 왜 팔레트로 안 왔어요?" 나는 조금 예민한 목소리로 물었다. 기사님은 잠깐 머쓱한 표정을 지은 뒤, 웃음인지 미안함인지 모를 표정으로 말했다.

"아. 네, 금방 합니다. 어디에 내리면 될까요?" 말을 끝내자마자 그는 적재함 위로 올라갔다. 그리고 아무렇지도 않은 듯, 40kg짜리 시멘트 포대를 두 손으로 감싸 들었다. 허리가 뒤로 살짝 젖혀지고, 무릎이 한 번 굽혀졌다 펴지며 차체가 미세하게 흔들렸다. 첫 번째 포대를 내려놓는 동작만 봐도 무게감이 그대로 전해졌다. 그러나 그는 멈추지 않았다. 두 번째, 세 번째… 시멘트 포대들이 적재함에서 바닥으로 '퍽' 소리를 내며 떨어졌다. 먼지가 천천히 흩어졌고, 공기 중에 눅눅한 시멘트 냄새가 짙어졌다.

40kg. 한 포대만 들어도 허리가 뻐근하다. 열 포대를 옮기면 손가락 끝 감각이 무뎌지고, 스무 개쯤 되면 허리 뒤쪽이 뜨겁게 당겨온다. 작업자들 사이에서는 "스무 개 넘어가면 그날은 운동 끝"이라는 말이 있을 정도다. 그런데 그 기사님은, 말없이, 숨도 고르지 않은 채 이백 개의 포대를 같은 동작으로 반복했다. 포대를 들 때마다 등에서 땀이 한 줄씩 흘러내렸고, 장갑 표면에 묻은 시멘트 가루는 그대로 그의 땀과 섞여 회색 진흙처럼 변했다.

잠시 쉬는 기색도 없었다. 옆에서 "도와드릴까요?"라고 묻고 싶었지만, 이미 그는 누가 보기 전에 끝내려는 사람처럼 리듬을 잃지 않으려 애쓰고 있었다. 나중에야 이유를 들었다. 지게차를 부르면 비용이 든다. 그 비용을 줄이면 그게 기사님의 몫이 된다. 상차도 직접 하고, 하차도 직접 하면 두 번 부를 지게차 비용 그만큼을 수익으로 가져가는 구조였다. 회사에서는 팔레트 비용 절감이고, 기사님에겐 조금이라도 더 벌 수 있는 방법인 셈이다. 이해는 됐지만, 마음 한쪽이 서늘했다. 현장을 모르는 사람이라면 "아, 그럴 수도 있지." 하고 넘길 일이다. 하지만 나는 알고 있었다. 그 무게가 사람 몸에 어떤 상처를 남기는지, 그걸 수백 번 반복하면 어떤 통증이 쌓이는지, 그리고 그 통증이 어느 날 갑자기 아니라, 아주 느리고 은밀하게 사람을 갈아 넣는다는 것을.

포대를 모두 내려놓고 트럭 문을 닫을 때, 기사님의 숨소리는 조금 거칠어져 있었다. 하지만 표정은 태연했다. 그저 장갑을 털고, 바지를 한 번 쓸어내리고, "수고하세요." 하고 트럭에 올라갔다. 트럭이 돌아 나가는 동안 시멘트 가루가 공중에서 천천히 가라앉았다. 그날 흙바닥 위에 쌓인 희뿌연

자국이 오래 지워지지 않았다. 나는 그 자국을 볼 때마다, 그 모습이 너무 잊히지 않아, 지금도 시멘트를 싣고 가는 차량을 보면 그날이 생생하게 떠오른다.

깨진 상처

군부대 막사 화장실 공사를 하던 시기였다.

3층 건물에 좌우로 두 칸씩, 총 여섯 개의 화장실과 샤워실을 동시에 진행해야 하는 일정이었다. 군인들이 사용하고 있는 화장실과 샤워실이기에 좌측 공사 라인 끝나면 우측 라인이 들어가야 하는 스케줄이었다. 이마저도 군인들이 불편함을 감수하였기에 공정을 최대한 빠르게 진행하는 것이 목표였고, 타일은 한 팀이 아니라 여러 팀이 동시에 작업을 하였다.

타일은 보기엔 단단하고 두꺼운 돌덩이 같지만, 실제로는 생각보다 예민한 자재다. 한 박스를 들면 안쪽에서 타일끼리 '짤그랑' 하고 부딪히는 소리가 난다. 그 소리를 들을 때마다 작업자들은 본능적으로 조심스러워진다. 타일은 떨어뜨리는 순간 끝이다. 조금만 충격을 받아도 모서리에 거미줄처럼 금이 간다. 평지라면 타일 밀바수레로 한 번에 옮길 수 있지만, 이 공사는 3층까지 계단을 써야 했다. 계단을 오르내릴 때마다 타일 박스의 무게가 팔과 어깨, 허리에 그대로 걸려 왔다. 체중을 실어 한 계단씩 옮길 때마다 박스 모서리가 '쿵' 하고 바닥을 울렸다. 반장님은 자재 양중 작업을 하는, 나이가 제법 있으신 아저씨에게 몇 번이고 말했다.

"아저씨, 살살 내려놓으세요. 타일 깨져요. 제발 살살."

말은 쉽지만, 타일 한 박스는 거의 20kg.

두세 박스만 옮겨도 팔이 얼얼해지고, 스무 개쯤 옮기면 손가락에 힘이 잘 들어가지 않는다. 수십 박스를 계단으로 나르다 보면 '살살 내려놓는다'는 말은 머릿속에서 희미해진다. 몸이 먼저 반응하고, 무릎이 먼저 풀린다. 예상대로 타일을 까 보니 금이 간 게 한두 장 아니 한두 박스가 아니었다. 박스 안쪽에서는 얇은 파편들이 바스러져 있었고, 완전히 깨져 반쪽만 남은 타일도 적지 않았다. 이렇게 훼손되어 부족하게 된 타일은 다시 사서 다시 올려야 한다. 그 순간, 타일 반장님이 곰방 자재 양중하는 작업자 아저씨에게 버럭 소리를 질렀다.

"이걸 어떻게 할 거예요? 다 깨졌잖아요."

양중하시던 분은 상태를 보고 어떤 말도 할 수 없었다.

"이거 단순히 물어낸다고 해결될 문제가 아니에요! 타일 또 사서, 또 올리고, 또 작업해야 해요. 일정이 밀린다니까요!"

화장실 내부는 울림이 큰 구조라 반장님의 말 한마디 한마디가 타일 벽에 부딪혀 더 날카롭게 퍼져 나갔다. 아저씨는 말없이 고개만 숙였다. 손등에 묻은 시멘트 가루만 몇 번 털어냈다. 화를 낼 힘조차 없다는 표정이었다. 나는 그 장면을 보면서 혼나는 사람도, 화를 내는 사람도 둘 다 안쓰러웠다.

군부대 공사는 특성상 "일 못하니까 돌려보내겠습니다."라고 말할 수 있는 환경이 아니다. 반장님은 책임을 져야 했고, 아저씨는 하루 일당을 위해 몸이 보내는 신호를 무시하며 버텨야 했다. 그날 아저씨는 죄인처럼 말없이 박스들을 다시 들었다. 반장님 역시 깨진 타일을 보며 힘없이 허리를 두드렸다. 둘 다 지쳐 있었고, 둘 다 어쩔 수 없었다.

하지만 둘 다 상처를 입고 있었다. 깨진 건 타일이었지만 그보다 먼저 깨지고 있던 건 사람들의 마음이었다. 일당과 일정, 작업 분량과 자재 불량. 그 안에서 사람들은 늘 서로를 다독일 여유 없이 책임과 일정과 구조로 인해 서로에게 뜻하지 않게 상처를 준다.

현장은 늘 이런 긴장 위에서 움직였다.

먼 곳에 와서

현장에서 1층에서 3층까지 목공 자재를 양중해야 하는 날이었다. 목공 자재는 조적이나 미장, 타일 자재와는 달리 무게는 비교적 가볍지만 부피가 크다. 부피가 크다는 건 곧 이동할 때 버거운 작업이라는 뜻이다. 계단을 돌 때마다 모서리가 벽에 부딪히고, 한 번에 많이 옮기려다가는 균형을 잃기 쉽다. 그래서 이 일에는 힘보다 '요령'이 더 중요했다. 그렇다고 양중 자체가 절대 가볍다는 뜻은 아니다. 등, 팔, 허리 어느 한 곳도 편히 넘어가는 날은 없다. 나는 용역회사 사장님에게 전화를 걸어 말했다.

"가능하면 힘 좋은 친구들로, 두 명만 보내주세요."

경험상 그 정도면 될 거라 생각했다가 아침에 자재 양을 보고 후회를 했다.

'세 명 부를 걸 그랬나?'

힘 좋은 친구라는 의미는 체격 좋고 젊은 작업자를 의미했지만 얼마 후 현장에 도착한 건 왜소한 체격의 동남아 작업자 두 명이었다. 모서리가 닳은 작업복과 작은 체구, 조심스러운 걸음. 안 그래도 자재의 양을 보고 걱정을 했는데, 그들의 가느다란 손목은 불가능처럼 보였다.

"이거 다 옮길 수 있겠어요?"

내 말에는 걱정이 섞여 있었지만, 그들은 주저 없이 고개를 끄덕였다. 큰 부피에 드는 요령을 몰라 이런저런 방법으로 들어 보더니, 석고보드 세 장을 옆구리에 끼듯 들어 올렸다. '서걱' 하는 마찰음이 들리고, 석고보드 끝이 살짝 부서졌다. 한 걸음을 뗄 때마다 발끝이 흔들렸고, 계단 모서리를 돌 때마다 중심을 잃지 않으려는 긴장이 그들의 어깨에 고스란히 드러났다. 그 속도라면, 네 명이 붙어도 하루 종일 걸릴 작업으로 보였다. 계단참까지 도달하는 데만도 시간이 꽤 걸렸다. 그들을 지켜보며 한숨이 아닌 미안함이 먼저 밀려왔다. 잠시 고민하다 결국 용역 사장님께 다시 전화를 걸었다.

"3층 양중이라 힘 좀 좋은 친구들 보내 달라고 했잖아요. 이러면 오늘 절대 못 끝나요." 내 말이 끝나기도 전에 사장님은 연달아 사과를 늘어놓았다.

"죄송합니다. 바로 다른 작업자 보낼게요." 그의 다급한 목소리가 무전기처럼 짧게 끊어졌다.

잠시 뒤 도착한 사람들은 러시아인지, 우즈베키스탄인지,

정확한 국적은 알 수 없었지만, 체격만 보면 대번에 힘을 짐작할 수 있는 두 청년이었다. 큰 키에 어깨가 넓고 몸이 단단해 보였다. 현장을 둘러보던 그들은 상황을 금방 파악했다. 그들은 말이 없었다. 그저 장갑을 손에 툭 끼워 넣고는 고개 한 번 끄덕이며 바로 자재를 집어 들었다. 그리고 곧, 거의 믿기 어려운 장면이 펼쳐졌다. 석고보드 열 장을 등 전체로 받쳐 올리더니 거의 흔들림 없이 계단을 올랐다.

처음 석고보드를 잡는 모습에서부터 '일을 많이 해봤구나.'라는 생각이 들었다. 그들의 발걸음에서 망설임이 없었다. '저렇게 쉽게?'라는 말이 나올 정도로 일을 순식간에 줄여 나갔다. 점심시간이 되자 조금만 더하면 되겠다는 생각에 안도의 숨을 쉬었다.

"점심 먹어요. 뭐 먹으러 갈까요?"라는 말에 그들은 늘 치킨버거를 먹는다고 했다. 돼지고기나 특정 음식을 먹지 않는 종교적 이유 때문이었다. 세트 메뉴를 건네주자 두 사람의 얼굴이 잠시 환해졌다. 햄버거를 포장지째 들고 크게 한입 베어 물던 그들의 모습이 어쩐지 오래 일한 사람 특유의 담백한 기쁨처럼 보였다.

"싸장님 하나 더 먹어도 돼요?" 덩치는 산만 한 친구들이

어설픈 한국말을 하면서 '하나 더'를 말하는 것이 귀여워 보일 정도였다. 하나씩 더 먹더니 쉬지 않고 바로 작업에 들어갔고, '오늘 다 할 수 있을까?' 하는 양을 그들은 오후 3시도 안 돼서 모두 끝내버렸다. 그들이 일을 잘하는 이유는 단순히 '힘이 세서'가 아니다. 요령, 균형, 몸의 쓰임, 그리고 무엇보다 근면함과 성실함. 그 모든 것이 겹친 결과였다.

생각해 보면 지금 한국의 현장은 수많은 외국인 노동자들이 함께 지탱하고 있다.

힘 좋은 러시아·우즈베키스탄 친구들이 있으면 현장 구석구석 섬세하게 챙기는 동남아 친구들도 있다. 어떤 이는 재빠르고, 어떤 이는 꼼꼼하고, 누구는 힘이 좋고, 누구는 묵묵하고 정확하다. 각자 다른 강점과 리듬이 있고, 그 다양성이 현장을 돌아가게 만든다.

낯선 나라에서, 낯선 언어 속에서, 새로운 환경에 몸을 던지고 하루하루를 힘으로 버티는 이들을 볼 때면 나는 종종 대단함과 고마움 사이에서 묘하게 마음이 무거워진다. 여기서는 그저 '외국인 노동자'로 불리겠지만 저 먼 곳에 있는 누군가에게는 가족을 먹여 살리는 삶의 기둥이자 희망이다. 그리고 이 먼 나라에 와 누구보다 성실하게, 누구보다 묵묵하게 오늘을 살아내는 사람들이다.

멈출 수 없는 하루

아파트처럼 규모가 큰 현장에는 보통 크레인과 호이스트 작업을 위해 외부에 설치된 임시 엘리베이터가 있다. 겉에서 보면 작은 현장보다 훨씬 수월해 보인다. 크레인이 큰 자재를 위로 올려주고, 층간 이동은 호이스트로 해결되니 "육체적 부담은 오히려 덜 하다."는 말도 나온다. 하지만 큰 현장은 큰 현장대로의 고통이 있다. 대규모 공정은 세밀하게 맞물린 톱니바퀴 같다. 한 공정만 늦어도 전체 일정이 흔들리고, 누군가 하루 늦추면 뒷사람은 이틀을 밀리며, 결국 일정은 눈덩이처럼 커진다. 그래서 날씨가 어떻든, 해야 할 일은 그대로 진행된다. 비가 오면 비를 맞고, 눈이 오면 눈을 맞으며, 한여름 햇빛이 달궈지면 그 열기를 고스란히 안고 작업은 이어진다. 특히 비나 눈이 오는 날에는 장갑이 젖는 순간부터 힘든 시간이 시작된다. 젖은 장갑 속 손끝은 금방 감각을 잃어간다. 철물을 잡을 때마다 미묘하게 미끄러지는 느낌이 전해지고, 손가락 하나 움직일 때마다 물기가 달라붙는다. 젖은 천이 손등을 감싸고 있으면 불쾌함은 금방 짜증으로 바뀐다.

"조금만 있다가 다시 마를 거야."라는 기대도 없다.

빗물은 계속 스며들고, 몸에서 올라오는 열로 잠시 따뜻해져도 바람이 불면 다시 얼음물처럼 식어 버린다. 그럼에도 멈출 수는 없다. 양중은 계획된 시간 안에 끝내야 한다. 한 번 일정이 밀리면 뒤 공정이 줄줄이 흔들린다. 작업자들은 일을 못 하고 대기하게 되고, 대기는 바로 공기 지연으로 이어진다. 공사 기간은 곧 비용이다. 그래서 사람들은 젖은 장갑을 비틀어 물을 짜내고, 떨리는 손을 잠시 바지에 비벼 열을 올려보기도 하고, 작업복에 맺힌 물기를 털어내며 다시 호이스트 앞에 줄을 선다. 그들 사이에 흐르던 공기는 불평도 아쉬움도 섞여 있었지만, 그보다 더 확실하게 느껴지는 것이 있었다.

'일을 멈추지 않으려는 의지', '오늘을 살아내려는 책임감'. 그 의지가 젖은 손끝과 차가운 작업복을 기어이 다시 움직이게 했다.

현장에 오래 있다 보면, 사람들을 자연스럽게 '주연'과 '조연'처럼 나누어 바라보게 될 때가 있다. 도면을 보며 시공을 판단하는 사람들, 현장을 지휘하는 사람들, 숙련된 기술을 가진 사람들은 언제나 무대의 중앙에 서 있는 것처럼 보인다. 반면 곰방 작업자들_{자재를 나르고 올리고 쌓아두는 사람들}은 늘 구석 어딘가에서 조용히 움직이고 있다. 그들의 이름을 기억하지 못할 때도 있고, 오늘 어떤 무게를 들어 올렸는지조차 놓칠 때가 많다. 하지만 묘하게도, 그 조용한 움직임들이 멈추는 순간 현장은 정말로 멈춰버린다. 누군가 한 손에 공구를 들고 벽을 세우고 있는 동안, 그 뒤에서는 또 다른 누군가가 타일을 올리고, 시멘트를 옮기고, 석고보드를 쌓고 있다.

자재가 제때 그 자리에 있어야 기술도 살아나고, 설계 역시 의미를 가진다. 현장을 움직이는 진짜 리듬은 눈에 잘 띄지 않는 그 흐름 속에 있다. 그 묵묵한 흐름을 책임지는 사람들이 바로 자재 양중 작업자들이다. 그들은 화려한 장면을 보여주지는 않는다. 기술자라는 이름도 없다.

하지만 현장을 떠받치는 '보이지 않는 기둥' 같은 존재다.

가장 먼저 땀을 흘리고, 가장 무거운 자재를 몸으로 지탱하고, 아무도 알아주지 않아도 가장 성실하게 하루를 견디는 사람들. 나는 여러 현장에서 그들의 등과 어깨, 장갑 끝에서 묻어나는 삶을 보았다.

일당을 조금 더 벌기 위해 허리와 손목을 갈아 넣던 시멘트 기사님, 깨진 타일 앞에서 서로 상처 나는 말을 들으면서도 다음 작업을 위해 다시 박스를 들던 양중 아저씨, 낯선 나라에서 온 가족의 미래를 짊어지고 석고보드를 열 장씩 등에 올리던 외국인 청년들.

여름의 열기 속에서도, 겨울 칼바람 속에서도, 비가 옷 안쪽까지 스며들어도 그들은 늘 같은 자리, 같은 속도로 움직였다.

그 땀방울은 단순한 물기가 아니었다. 하루를 버티기 위해 스스로와 맺은 약속, 멀리 있는 가족에게 보내는 보이지 않는 편지, 그리고 자신이 지켜야 할 자리를 향한 조용한 다짐이었다. 기술이 없어도, 화려한 경력이 없어도 누군가의 하루를 묵묵히 떠받치고 있는 사람들. 그들의 땀 덕분에 현장은 돌아가고, 누군가는 또 다른 일을 이어갈 수 있다. 그들이 들고 옮

긴 무게는 단순한 자재의 무게가 아니라 각자의 삶이 지고 있
는 무게였고, 동시에 우리의 세상을 지탱하는 힘이었다.

그 무게는 결국 '힘'이 아니라 '성실함'으로 버텨지고 있었다.

사막에서의
시간들

사우디아라비아 플랜트 현장에서 있었던 일이다.

그곳의 하루는 한국의 시간과는 전혀 다른 박자로 흘러갔다. 아침이 아니라 '새벽'이 하루의 기준이었다. 4시 30분이면 눈을 뜨고, 5시가 되기도 전에 현장으로 나갔다. 아직 어둠이 완전히 걷히지도 않았는데 사막의 공기는 이미 뜨겁고 건조했다. 한국처럼 새벽이 시원하다는 말은 그곳에선 한 번도 통하지 않았다. 여름의 사막은 새벽도 덥고, 반면 겨울의 사막은 한국만큼이나 춥고 바람조차 칼날처럼 매서웠다.

몸이 깼는지 말았는지 모르는 상태에서 반쯤 감긴 눈을 비비며 일과를 시작하면 시간은 묘하게 빠르게 흘러갔다. 어느 순간 12시가 되어 있었다. 정오가 되면 일은 무조건 멈춘다. 정확히 말하면, 멈출 수밖에 없다. 해가 머리 위로 올라가는 그 시간의 사막은 인간의 의지를 쉽게 비웃었다. '뜨겁다'라는 말로는 부족했다. 바람이 불어도 뜨거운 공기가 살을 파고들었고, 공구는 햇빛을 받아 뜨거워져 맨손으로 잡을 수 없었다. 그 열기는 사람의 열정뿐 아니라 사람 자체를 태워버릴 것 같은 기세였다. 그래서 모두가 낮잠을 잤다.

나는 공무였고, 사무실에서 에어컨을 틀어놓고 쉬었다. 하지만 장비를 끌고, 철판 위를 걸었던 외국인 노동자들은 그 무더위 속에서 어떻게 잠에 들었는지 지금도 상상하기 어렵다. 그들의 천막 숙소는 바람이 그늘을 지나가는 정도의 온도였고, 그나마 그 그늘마저 시간이 지나면 뜨거워졌다. 오후 3시가 되면 다시 일과가 시작된다. 그 시간이 돼야 인간이 움직일 수 있을 만큼 사막의 열기가 약해졌다. 그리고 일과를 다시 시작하면 어느새 해가 지고 있었다. 저녁 8시, 때로는 9시까지 작업이 이어졌다.

하루를 둘로 나눠 일하는 스플릿 시프트split shift. 즉, 하루에 두 탕 작업하는 방식이었다. 외국까지 돈을 벌러 온 사람들에게는 이 리듬은 힘들지만 너무도 당연한 하루였다. 대부분은 2년짜리 계약으로 사우디아라비아에 왔다. 그 2년 동안 비행깃값도 건지고 고향의 가족에게 조금이라도 더 보내기 위해 할 수 있는 시간만큼 몸을 움직였다. 그래서 그들은 묵묵했고, 말수가 적었고, 성실이라는 단어를 굳이 설명하지 않아도 그들의 행동에서 그대로 드러났다. 이 글을 쓰는 지금, 그들의 얼굴이 하나씩 떠오른다. 땀과 먼지가 엉켜 얼룩진 작업복, 사막의 빛을 정면으로 바라보던 단단한 눈빛, 그리고 그 눈빛 속에 담겨 있던 각자의 사정과 이유들. 그 사정은 누구도 자세히 말하지 않았지만 사막의 뜨거운 하루는 그 모든 이야기를 조용히 품고 있었다.

느리게 간다는 것

사우디에서 가장 답답했던 건 일의 속도가 한국과는 비교할 수 없을 만큼 느리다는 점이었다.

날씨 탓도 있었고, 기술의 숙련도 차이도 있었지만, 근본적인 이유는 '문화'이지 않을까 싶다.

작업이 막 흐름을 타기 시작하면 어느 순간 누군가 조용히 공구를 내려놓고 자리를 뜬다. 기도 시간이었다. 그러면 옆에서 일하던 사람도 자연스럽게 손을 멈춘다. 줄줄이 이어지는 그 움직임은 누가 명령한 것도 아닌데 하나의 리듬처럼 현장 전체를 감쌌다. 기도 시간은 누구도 건드릴 수 없는 신성불가침의 시간이었다. 상사도, 감리도, 발주처의 관리자도 그 시간만큼은 어떤 말도 하지 못했다. 소리 지를 필요도, 독촉할 이유도 없었다. 모래 폭풍이 지나가듯, 그 시간은 그저 모든 것을 가만히 멈추게 만들었다.

기도는 곧 '멈춤'이었고, 멈춤은 곧 '휴식'이었다. 처음엔 그 느림이 견딜 수 없이 답답했다. 조금만 서둘렀다면 금방 끝날 일이 마치 시간을 일부러 늘리는 듯한 속도로 흘렀다. 한국의 현장처럼 '빨리빨리'의 박자를 기대했던 나는 그들이 끊어내는 그 템포에 매번 걸려 넘어지는 기분이었다. 하지만 어느 순간, 살며시 변해 있는 나 자신을 발견했다. 기도 시간이 되면 내 몸도 자연스럽게 의자에 기대고 있었다는 걸. 그들이 일어날 때 함께 일어섰고, 그들이 쉬면 나도 숨을 고르고 있었다.

사막의 더위 속에서 살아남는 방식은 '부지런함'이 아니라 멈출 줄 아는 '느림'이었다. 그것은 불성실함도, 게으름도 아니었다. 그 뜨거운 땅에서는 일정한 속도로 달리다가는 사람이 먼저 무너진다는 걸 그들은 오래전에 알고 있었다. 어쩌면 그 여유와 느림이 사막을 견디는 유일한 리듬이었는지도 모른다.

3천 년의 시간

내가 경험한 현장만의 이야기일 수도 있지만, 사우디 플랜트 현장은 정말 '세계의 축소판' 같은 곳이었다. 발주처는 사우디 국영 회사 ARAMCO, 시공은 한국 기업, 감리는 미국 회사.

세 나라의 기업이 동시에 얽혀 움직였고, 각 나라 관리자는 최소 인원만 현장에 파견되어 있었다. 반대로 현장의 노동자는 네팔, 베트남, 방글라데시, 파키스탄, 필리핀, 인도 등 여러 나라에서 온 사람들이었다. 하루에도 버스 몇 대 분량의 외국인 노동자들이 먼지 날리는 공사장으로 쏟아져 들어왔다.

특이한 풍경도 있었다. 인도인들은 대부분 사무직이나 중간 관리자였다. 반면 기능직은 네팔, 방글라데시, 파키스탄, 베트남 노동자들이 많았다. 마치 누구도 말하지 않았지만 이미 오래전부터 정해져 있던 보이지 않는 역할 분담 같았다. 아마도 각 국가별 임금 수준과 채용 구조가 자연스럽게 반영

된 결과였을 것이다.

　어느 날 ARAMCO 담당자를 찾아가 서류 협의를 요청했다. 하지만 갈 때마다 문이 닫혀 있었다.
　"오늘은 바쁘다. 내일 오라."
　"지금 담당자 없다."
　"회의 중이다."
　문전박대라는 표현이 딱 맞았다. 도대체 해결될 기미가 보이지 않았다. 속이 타들어 가던 그때, 우리 회사 인도인 직원이 조용히 묻는다.
　"담당자 이름이 뭐예요?"
　이름을 말해주자 그는 잠시 고개를 끄덕이더니 묘하게 자신감이 넘치는 표정으로 말했다.
　"제가 다녀오겠습니다."
　걸음걸이마저 다른 기운이 있었다. 그리고 믿기 어려운 일이 벌어졌다. 그가 다녀오고 나자 서류는 즉시 결재가 되고, 막혀 있던 일정은 순식간에 열렸다. 그날 나는 말로만 듣던 인도의 '카스트 제도'를 사막 한가운데에서 직접 목격했다. 우리 직원은 바이샤. 아람코 담당자는 수드라. 3천 년 전 이야기라고만 생각했던 그것이 여전히 이 뜨거운 땅에서 조용하지만 강력하게 움직이고 있었다. 국적보다 강했고, 회사보다 강했으며, 직급보다 강했다. 그들 사이에는 그런 질서가 있었다. 한국과는 너무도 달랐다. 한국 기업의 규칙으로 움직이는 세계도 아니었다. 이곳에는 눈에 보이지 않는 어떤 질서가 말 한마디, 서류 한 장, 일정 하루를 완전히 바꿔 버리는 힘을 갖고 있었다. 그 질서는 누가 알려주는 것도, 문서에 적혀 있는 것도 아니었다. 그저 평소엔 보이지 않다가, 문이 갑자기 열리고 일이 풀리는 바로 그 순간 불쑥 모습을 드러낼 뿐이었다.

마법의 주문

사막의 현장에서는 유독 자주 들리는 말이 있다. 신의 뜻이라는 '인샬라'와, 신께 감사라는 '알함둘릴라'는 그냥 일상의 언어다.

자재를 발주해서 언제 오냐고 재촉해도 '인샬라', 한참 지나서 자재를 받으면 '알함둘릴라'. 특별히 위험 공정이 있어 공정 회의를 할 때도 '인샬라', 무사히 위험 공정이 넘어가면 '알함둘릴라'.

당시 우리는 흙막이 공사를 하고 있었다. 시트파일 공법을 사용하는 작업으로, 강판을 지면 깊숙이 박아 토사의 붕괴를 막고 그 안쪽을 파 내려가는 방식이었다. 겉보기에는 중장비가 땅을 파는 단순한 작업처럼 보이지만, 한 번 사고가 나면 작업자들이 그대로 매몰될 수 있는, 가장 위험한 공정 중 하나였다.

시트파일을 박고 땅을 파 내려가기 시작하자 예상보다 빨리 물이 올라왔다. 흙을 파내면 물이 차고, 물을 퍼내면 다시 차오르는 상황이 반복됐다. 아래쪽으로 내려갈수록 공기는 탁해졌고, 산소 농도 측정기를 상시로 들고 다녀야 했다. 수치가 조금만 흔들려도 작업을 멈추고 다시 올라와야 했다. 한쪽에서는 시트파일 틈새로 물이 스며들지 않도록 방수 작업을 하고, 아래에서는 펌프로 물을 퍼내고, 다른 한쪽에서는 산소 농도를 재고, 또 한쪽에서는 다음 공정을 어떻게 이어갈지 회의를 했다. 모든 게 동시에 돌아가야 했고, 어느 하나라도 어긋나면 작업은 그대로 멈췄다. 작업을 멈추면 그동안 작업한 공사는 다시 원점으로 돌아오기 일쑤였다. 이런 어려움으로 인한 공정 회의 때마다 현장에서는 같은 말이 반복됐다.

"인샬라."

언제 물이 잡힐지, 언제 바닥이 안정될지, 확실한 답을 내놓을 수 있는 사람은 아무도 없었다. 사실 나를 비롯한 한국인 엔지니어들에게 이 단어는 답답함을 안겨주기도 했다.

해법이 분명하지 않은 상황에서 '신의 뜻'이라는 말은 때로 책임을 미루는 표현처럼 들리기도 했다. 하지만 시간이 지나며 알게 되었다.

그 말은 상황을 외면하겠다는 뜻이 아니라, 서로를 다독이고 다시 움직이게 만드는 긍정과 격려의 언어에 가깝다는 것을. 인샬라를 말하면서도 그들은 손을 멈추지 않았다. 물을 퍼내고, 틈을 막고, 산소 수치를 확인하며 계속 아래로 내려갔다.

그리고 마침내, 모두가 서로를 향해 자연스럽게 말했다.

"알함둘릴라."

천연자원이 풍부한 나라. 사우디아라비아. 감사할 줄 알기에 그런 선물을 받은 것인지, 풍요로움 속에서 감사가 일상이 된 것인지는 알 수 없다.

우리들은 농담처럼 "이만한 석유와 자원이 나온다면 나라도 하루 다섯 번 기도살라트하고, 한 달 금식사움하겠다.”는 말을 하곤 했다. “인샬라”와 “알함둘릴라”, 정말 마법의 주문이 아닐 수 없다.

사막에서의 시간은 마치 〈5억 년 버튼〉(스가하라 소타) 같았다. 그 안에서의 시간은 느린 듯 흘러가고, 멈춘 듯 다시 시작되었다. 그 속에서 나는 한국에서 경험해 본 적 없는 느림의 리듬을 배웠다. 그리고 그곳에서 만난 사람들은 지금도 내 기억 속에서 하나의 장면처럼 살아 있다. 가족이 아프다고 엉엉 울며 고향으로 돌아가야 한다던 스무 살 베트남 친구. 이빨은 거의 다 빠지고 몸은 앙상한데 번 돈 대부분을 가족에게 보내던 파키스탄 아저씨. 유덕화를 닮아서 반장을 시켰더니 까불이가 된 선한 네팔 친구.

그들의 하루, 그들의 땀과 사정은 사막의 모래처럼 내 안에 쌓여 있다. 바람이 스쳐도 쉽게 지워지지 않는 묵직한 모래처럼.

우리 모두의 하루가 조금이라도 잘 풀리기를 바란다는 뜻을 담아 나도 마법의 주문을 외쳐 본다.

모두 인샬라~

인생의
2막

건설 일용직은 흔히 '진입장벽이 낮다'고 생각된다. 신체만 건강하면 언제든지 일할 수 있고, 일당은 그날의 땀과 함께 바로 손에 쥐어진다. 그래서 세상은 이 일을 가끔 '배운 게 없어 선택하는 일'로 오해하곤 한다.

하지만 새벽 공기 속, 7시도 되기 전에 이미 현장 게이트 앞에 선 사람들의 표정을 보면 그 말은 금세 힘을 잃는다. 게으른 사람은 이 세계에 오래 머무르지 못한다. 지각 한 번이 일당을 날려버리고, 몸이 조금만 느슨해도 하루가 버겁다. 이곳에 선다는 건 단순히 몸이 튼튼하다는 말이 아니라, 삶을 버티는 마음이 건강하다는 뜻에 더 가깝다.

기술이 없다면 급여는 상대적으로 낮다. 그래서 많은 사람들이 "어차피 하는 김에 기술 하나라도 배우자."라는 마음으로 이곳에 들어온다. 그 기술 하나가 누군가에게는 인생의 첫 직업이 되고, 누군가에게는 두 번째 인생을 버티게 하는 지지대가 된다. 한 사람의 이력 뒤에는 말하지 않은 실패가 있고, 그 실패를 견디며 다시 시작하려는 마음이 있다.

내가 말하려는 이야기는, 현장을 오래 다닌 사람이라면 누구나 공감하겠지만, 실제로 내가 본 것은 그저 빙산의 일각에 불과하다.

이번에는 그들의 이야기를 하나씩 꺼내 보려 한다.

군모에서 안전모로

현장에는 '십장'이라 불리는 작업반장이 있다. 이 단어의 뿌리는 '열 명의 장인을 맡는 사람'이라는 뜻이지만, 실제 현장에서의 의미는 조금 다르다. 건축, 토목, 설비, 전기, 청소, 인력 관리까지 열 가지 기술을 두루 꿰고 흐름을 읽는 사람. 말 그대로 현장의 만능 사령관에 가깝다.

그 많은 십장들 중에서도 유독 기억에 남는 사람이 있었다.

군에서 중령으로 전역한 후, 군모 대신 안전모를 눌러쓴 채 현장에 나타난 사람이었다. 물론 연금은 있지만 아이들

학비가 한창 들어갈 때라 "연금만으로 가만히 있을 수는 없다."며 현장을 선택했다고 했다. 전역 후, 그분의 철학은 단호했고, 군인다운 간결함이 있었다.

"모르는 데 투자하지 마라. 장사는 결코 쉽지 않다."

그는 장비 자격증, 산업안전 자격증을 차근차근 취득했다. 하지만 현실은 자격증만으로 중년 취업은 쉽게 풀리지 않았다. 뭐라도 해보자 해서, 일용직부터 시작한 것이었다.

처음 만났을 때, 이분에게는 군에서 오래 다져진 습관이 그대로 남아 있었다. 머리는 늘 짧게 다듬어져 있었고, 작업복은 먼지가 조금만 스쳐도 바로 갈아입었다. 아침 조회 시간이라도 된 듯, 공구함 정리는 칼날처럼 정확했다.

아침 조회가 끝나고 사람들이 하나둘 공구를 챙길 때였다. 누군가는 커피를 들고 있었고, 누군가는 담배를 물고 있었다. 그는 아무 말 없이 공구함 앞에 쪼그려 앉아 있었다. 스패너와 몽키, 줄자와 드라이버를 하나씩 꺼내 바닥에 놓았다가, 다시 같은 순서로 집어넣고 있었다. 이런 모습에서 다른 반장들도 굳이 큰소리를 내지 않고서 자연스럽게 움직였다.

하루는 과장님이 내게 말했다.

"십장님께 비 단속 좀 부탁드려." 그 말을 전하러 가는 발걸음이 괜히 느려졌다. 내가 뭔가를 지시하는 사람처럼 보일까 봐 입이 쉽게 떨어지지 않았다. 그런데 그를 찾았을 때, 그는 이미 현장의 절반을 훑고 내려오는 중이었다. 물길은 정비되어 있었고, 한 손에는 삽이 들려져 있었다. "여기까지는 봤습니다." 그가 말했다. 숨이 조금 가빠 보였지만, 말투는 변하지 않았다. "나머지는 올라가면서 보면 됩니다." 그는 추가 설명을 하지 않았고 바로 허리를 숙이며 물길을 살펴보았다.

그가 군에서 중령이었다는 건 그에게 직접 들은 이야기가 아니었다. 제출된 이력서를 본 소장님이 회의 때 언급한 내용이었다.

"현장에 십장님이 오실 거야. 면접 때 얘기해 보니 일은 처음이지만 배울 게 많은 분이야. 직원들이 처음에 잘 도와드려." 그러면서 그분에 대한 이야기를 하셨다. 하지만 정작 그 군 얘기를 한 적이 없었다.

"예전에 제가….", "군에 있을 때는…." 그런 말이 그의 입에서 나오는 걸 나는 끝내 듣지 못했다. 그는 늘 가장 먼저 나왔고, 가장 늦게 철수했다. 현장에 오신 지 오래되지 않았는데 안전화 앞코가 유난히 닳아 있었던 것을 볼 수 있었다.

바닥을 끌고 다닌 흔적처럼 고무가 얇아져 있었다. 그만큼 남들보다 현장을 더 돌아보고 나온 흔적이라는 걸 굳이 묻지 않아도 알 수 있었다.

그가 지나간 자리에는 말 대신 흔적이 남았다. 안전모 아래에는 더 이상 계급장이 없었고, 호칭도, 서열도 없었다. 필요한 곳에 그가 먼저 서 있었고, 일의 뼈대가 필요한 자리에는 그의 그림자가 먼저 닿아 있었다. 사람들은 그가 있는 방향을 힐끗 보고 나서야 몸을 움직였다. 그가 서 있는 자리에는 늘 말수가 적었다. 그 자리가 조용한 이유를 아무도 설명하지 않았다.

역기 대신 타일을 드는 남자

타일 작업반장님을 처음 봤을 때, '인생의 2막'이라는 말이 괜히 떠오른 건 아니었다. 서른 중반쯤 되어 보이는 젊은 반장님이었는데, 현장 한복판에서도 유난히 에너지가 선명했다. 땀이 번들거리는 팔과 빠른 걸음, 말보다 먼저 움직이는 몸. 그런 사람이었다. 검은색 짧은 소매에 보이는 팔 근육은 보디빌더를 연상케 했고, 무거운 타일과 레미탈을 가뿐히 드는 것을 보니 노하우가 많이 쌓인 듯 보였다.

"젊으신데 이 일 하신 지 오래되셨나 봐요?" 내가 물었을 때, 그는 잠깐 손을 멈추더니 말했다.

"아뇨. 예전에는 유도했어요."

"선수요?"

"네. 생각만큼은 안 됐고요."

그는 타일 한 장을 들어 올려 각을 맞췄다. 그리고 잠시 쉬면서 대화를 이어갔다.

"그래서 헬스 트레이너로 갔죠."

"어쩐지 몸이 너무 좋으시더라고요."

"몸 쓰는 게 체질에 맞나 봐요." 그는 웃으며 말을 했다.

"몸도 만들고, 운동도 가르치고, 좋아하는 일 하니까 좋긴 한데 결혼하려고 보니까 모아둔 돈이 없더라고요."

타일 반장님과 나는 캔 커피를 따며 이야기를 이어갔다.

"결혼 날짜는 잡았지. 계산기 두드려 보니까 전세 자금 모으기에 그때 하던 트레이너 일만으로는 부족하겠더라고요. 그래서 몸 쓰는 일은 자신 있으니까 투잡으로 시작했던 것이 바로 타일 양중 작업이었어요."

타일 자재, 레미탈, 시멘트, 모래 그리고 물을 작업장 앞까지 가져다주는 일. 타일은 기술도 필요한 작업이지만 무거운 자재를 계속 다뤄야 하는 힘든 작업 중 하나이다. 그래서 처음 타일 일을 배울 때는 이 작업에서 많이들 포기하곤 한다.

"같이 처음 일하던 사람들은 다들 힘들다고 하던데 저는 일이 잘 맞더라고요."

트레이너 시절보다 더 땀을 흘렸는데도, 현장의 강한 리듬이 몸에 딱 붙어버렸다고 했다. 남들은 힘들어서 못 한다고 손사래 칠 때, 자재를 척척 옮기는 것을 보고, 당시 반장님은 그를 계속 데리고 다니고 싶어 일부러 자주 불렀다고 했다. 그러다 같이 일하던 반장님이 했던 말이 결정적 계기가 되었던 것이다.

"젊은데 기술 배워. 타일 배워두면 한 달에 1,000만 원도 벌어."

그 한 문장이, 결국 방향을 틀게 만들었다. 트레이너 일을 정리했고, 낮에는 보조 일을 하면서 밤에는 기술을 배웠다. 하루는 타일 절단기를 다루는 법을 익히고, 다음 날은 줄눈을 매끄럽게 채우는 손목 스냅을 배웠고, 그다음 날은 벽체 편차 잡는 법을 사수 옆에서 눈으로 훔쳤다. 몸 쓰는 일에는 익숙했지만, 기술을 '내 손'으로 가져오는 과정은 새로웠고 재미있었다고 했다. 그렇게 일을 배워서 그는 자연스럽게 팀의 앞에 서 있었다. 이제는 타일을 붙이는 각도, 수평계의 기포 움직임, 실측 오차까지 단번에 알아채는 사람이 됐다.

그의 작업은 깔끔하기로 소문이 났다. 타일은 모서리에서 정확히 맞물렸고, 욕실 바닥은 물이 흐르듯 자연스럽게 기울어져 있었다. 작업이 끝나고 나면 주변 정리까지 흠잡을 데가 없었다. 마감이 고르니까 다른 공정과 마찰도 거의 없었다.

그가 얼마나 자신의 일을 좋아하고 자부심이 있는지는 사진을 보면 알 수 있었다. 그의 카카오톡 사진첩에는 욕실, 거실, 상가, 사무실의 작업 과정이 포트폴리오처럼 정리돼 있었다. 그는 자기 작업을 '작업'이 아니라 '작품'처럼 모아두고 관리한 것이었다.

해가 바뀌고 다른 현장에서 만나도 여전히 검은색 짧은 소매를 입고 있었으며, 몸은 헬스 트레이너 시절의 흔적도 그대로 남아 있다. 오랜만에 만난 나의 인사는 나도 모르게 이 말이 먼저 나왔다.

"몸이 어쩜 그대로예요?"

"아무리 힘들어도 운동은 계속해요"

그의 몸을 보고 있으면 괜히 이런 생각이 들었다. 몸은 거짓말을 하지 않는다고. 어떤 길을 선택했고, 얼마나 꾸준히 버텼는지, 땀을 어디에 흘렸는지가 선명하게 드러나는 몸. 그는 자신이 걸어온 길을 말로 설명할 필요가 없는 사람이었다. 그의 손과 어깨, 작업 끝에 남는 타일의 결이 모든 걸 설명했다. 현장에서 가장 눈에 띄는 사람은 결국 힘센 사람이 아니라, 자기 일을 꾸준히 쌓아가는 사람이다. 그 젊은 타일 반장님은 그 사실을 조용히, 그러나 누구보다 분명하게 보여주는 사람이었다.

END가 아닌 AND

협력업체 중에, 수년째 나와 현장 일을 이어가는 인테리어 사장님이 있다. 짧지 않은 기간 동안 수차례 밥도 함께하고 술 한잔 같이하는 사이가 되었다. 술 한잔 들어가면, 꼭 한 번은 예전 이야기가 흘러나왔다. 그는 원래 혼자 이자카야를 하던 사람이었다.

"처음엔 장사 진짜 잘됐어요." 그가 그렇게 말할 때면, 늘 같은 표정이었다. 자랑도 아니고, 후회도 아니었다. 그저 추억이라는 안줏거리였다.

"퇴근 시간만 되면 줄이 있었고요. 예약 안 하면 못 들어오는 날도 많았어요.”

“상권이 좋지는 않았지만, 내가 워낙에 요리를 잘했잖아요.” 하며 웃으며 이야기했다.

“그럼 맛있는 거 만들어 주면서 이야기해 봐요.”

술 한잔 부딪치며 친해진 사이인 만큼, 나 역시 장난으로 받아쳤다.

“사실 테이블이 네 개뿐이었거든요. 그래서 이제 좀 넓혀 볼까 했던 거였죠?”

상권 좋은 곳에 확장하면, 이자카야 사장으로서의 다음 단계가 열릴 것이라는 희망을 가진 것이었다. 욕심내서 좋은 상권으로 계약을 했고, 인테리어 업자와 계약을 했다. 처음 만난 인테리어 업자는 말이 좋았다.

“계약금 30% 달라고 해서 줬죠. 도면도 마음에 들었고, 자재 샘플도 다 확정 지었어요.” 그가 전에 이자카야를 했다는 것은 들었지만, 이렇게 자세한 이야기를 듣는 것은 처음이었다.

“자재는 다 들어왔다는 문자와 자재 사진을 보고 아무런 의심도 없었죠. 착수금 20% 더 주시면 바로 들어간다는 거예요. 그래서 입금했거든요.”

그것이 마지막이었다고 했다. 전화는 받지 않았고, 문자는 읽히지 않았다. 현장에 가보니, 자재만 덩그러니 놓여 있었다.

그때를 다시 생각하며 말하자 음성이 커지기 시작했다. 그러고는 그가 잔을 내려놓고 말했다.

"상가 계약은 이미 해놨고, 수중에 남은 돈은 거의 없었어요. 현장에서 자재만 쳐다보고 며칠 동안 담배만 피웠거든요. 그래서 그냥 내가 한 거예요."

가게를 접을 수도 없었고, 다시 인테리어 업자를 구할 여력도 없었다. 그는 결국 장비를 사 왔고, 처음엔 가게 오픈할 정도만 하려고 했다는 것이었다. 전동 드릴을 처음 잡았고, 수평계 보는 법을 유튜브로 배웠다. 하루 종일 먼지를 뒤집어쓰고, 밤에는 바닥에 앉아 다음 날 할 일을 정리했다. 벽 하나를 고치고 나면, 옆 벽이 눈에 들어왔다. 천장을 손보다 보면, 바닥 마감이 신경 쓰였다.

"이왕 하는 거, 이것도 바꾸자." 어느새 두 달이 지났고, 혼자 꾸민 가게는 처음 생각했던 것보다 훨씬 그럴듯해졌다.

"지금 봐도, 그 가게 인테리어는 괜찮았어요." 그는 그렇게 말했다.

"그런데 문제는 그다음이에요. 진짜 힘들게 오픈했는데 장사가 안되는 거예요. 맛도 똑같아, 서비스는 오히려 더 주고, 가격까지 내려도 손님이 없는 거예요.” 그는 이 시기가 인테리어 사기당한 것보다 더 힘들었다고 했다.

“사기당하고는 어떻게든 오픈을 해야 했기에, 바빠서 정신적으로 그렇게 힘든지는 몰랐지만 테이블이 비어 있고 날짜 지난 식자재를 버릴 때는 진짜 미치겠더라고요.” 나 역시 그의 고통이 짐작이 갔다.

“맞아요. 요식업은 내가 잘한다고 장사가 꼭 잘 되는 게 아니더라고요.”

“월세 내는 날은 왜 이렇게 빨리 오는지… 이자카야는 어차피 저녁에 여니까 낮 시간에는 배달 아르바이트도 했다니까요.”

그 시기, 친척이 헤어숍 인테리어를 한다는 소식을 들었다. 그는 과감히 결정을 내렸다. 자재비만 받고 공짜로 작업해 주겠다고 했다. 친척 입장에서는 고마운 일이라 마다할 이유가 없었다. 일을 하니까 오히려 스트레스도 없었고, 하나하나 완성이 될 때마다 희열을 느꼈다. 그렇게 두 번째 인테리어를 끝낸 날, 그는 한참 동안 가게 안에 서 있었다. 만감이

교차했고, 길을 찾은 것 같았다.

이자카야는 결국 접었다. 간판을 내리고, 주방 기구를 정리했다. 대신 공구를 다시 샀다. 그 실패 덕분에 진짜 자신이 잘하는 일을 발견한 셈이었다. 그리고 인테리어 사장으로서 새로운 삶을 시작했다. 이 사장님의 삶은 새 직업처럼 자유로웠다. 그는 일과 휴식의 경계를 딱딱하게 나누지 않았다. 정해진 오픈 시간도 없고, 마감 시간도 없었다. 일이 있으면 하고, 일이 없으면 과감히 낚시를 떠났다. 며칠씩 연락이 안 될 때도 있었지만, 그는 그마저도 자연스러운 삶의 리듬이라 여겼다.

그의 출발은 실패에서 시작했지만, 실패가 오히려 길을 열어준 셈이었다. 무너진 줄 알았던 첫 번째 선택이 결국 두 번째 선택으로 이어졌고, 그 선택이 진짜 자신을 발견하게 해주었다.

그는 말했다.

"가게를 접을 때는 제 인생이 끝난 줄 알았어요. 근데 알고 보니 그게 시작이었더라고요. 이 일이 이렇게 저한테 잘 맞는 줄은 그때까지 몰랐어요."

나는 그 말을 들으며 생각했다. 사람마다 인생의 타이밍은 모두 다르다. 어떤 사람은 원하는 일에 바로 도착하지만, 어떤 사람은 멀리 돌아가야 자신의 길을 찾는다. 이 사장님은 후자였지만, 오히려 그 덕분에 지금의 자유와 만족을 얻었다. 그는 자신이 즐길 수 있는 방식으로 일하고, 즐길 수 있는 방식으로 인생을 살아간다.

그 누구의 기준에도 휘둘리지 않는 삶. 그게 얼마나 부러운지 모른다. 요식업의 실패는 그에게 상처가 아니라 전화위복이었을지 모른다. 그리고 인생의 2막은 그렇게 시작되었다.

슬리퍼를 벗고 안전화를 신는 사람들

요즘 현장을 보면 의외로 흔하게 마주치는 부류가 있다. 바로 사무직에서 기술직으로 갈아탄 사람들, 그중에서도 20~30대의 젊은 층에서 특히 두드러진다. 겉으로만 보면 건설회사 관리직이 더 안정적이고 사무적이고 '편해 보이는' 일 같지만, 꼭 그렇지만은 않다. 관리직의 하루는 오전 7시부터 오후 5시까지만 일하는 것이 아니다. 오히려 대부분의 작업이 끝나는 오후 5시부터가 진짜 시작이다. 문 닫힌 사무실 안에서 컴퓨터 팬 돌아가는 소리만 남고, 그 앞에는 공사 일보, 검측 자료 파일, 다음 날 도면, 자재 발주서가 층층이 쌓인다. 현장 규모가 작으면 문단속까지 챙겨야 하고, 다음 날 일정은 그 자리에서 다시 짜야 한다. 정리할 일이 많고, 도면 분석해야 할 것도 많고, 일정 조율도 끊임없다. 게다가 스트레스 역시 만만치 않다. 안전 관리부터 품질 관리, 원가율 조절, 공사 기간 준수, 앞뒤 공정 체크까지 하루 종일 머릿속이 분주하다. 특히 요즘처럼 '워라벨'이 중요한 시대에 저녁이 없는 삶은 젊은 사람들에게 큰 부담이 된다. 그래서 관리직으로 들어온 사람들이 말하곤 한다.

"이럴 바엔 기술 배워서 내 일 하는 게 낫지 않겠어요?" 그 말에는 나름의 이유가 있다.

기술직은 일만 꾸준히 있다면 관리직보다 훨씬 더 많이 벌 수 있다. 게다가 개인 시간을 스스로 조정할 수 있어, '내 일'이라는 느낌도 강하다. 물론 기술직은 경기를 많이 탄다는 단점이 있다. 일감이 몰릴 때는 정신없이 바쁘다가도, 어느 순간 일의 흐름이 끊기면 체감 경기 침체를 그대로 맞는다. 그래도 기술만 확실히 익혀두면 일거리 따오는 루트는 대부분 이미 알고 있고, 인맥과 평판만 잘 쌓아두면 생각보다 꾸준히 일은 이어진다.

사무직에서 기술직으로 넘어온 사람들을 보면 공통점이 있다. 일의 전체 사이클을 이미 알고 있기 때문에 자신이 간섭을 덜 받고 스스로 컨트롤할 수 있는 공정을 선택한다는 점이다. 예를 들어 데코타일, 마루 시공처럼 일정 조율이 깔끔하고, 투입 대비 수입이 안정적인 공정을 선호하는 경우가 많다.

이미 관리직 시절 수많은 공정을 경험했으니, "어떤 공정이 스트레스가 적고, 어떤 공정이 수익성이 좋은지" 누구보다 잘 알기 때문이다.

또한 젊은 층은 '현장의 꽃'이라 불리는 인테리어 목수로 진입하는 경우도 많다. 인테리어 목수는 정말 '무에서 유를 만드는' 사람들이다. 현장에서 빈 공간이 구조를 갖추고, 선이 생기고, 면이 만들어져 하나의 공간으로 바뀌는 그 과정은 예술과도 닮아 있다. 젊은 사람들은 그 창조 과정에 매력을 느끼는 듯하다.

도면만으로 존재하던 공간을 실물로 구현하는 경험은 다른 직무에서는 느끼기 어렵다. 그렇다고 해서 모두가 쉽게 성공하는 건 아니다.

기술은 '배우는 데 3년, 익히는 데 5년'이라는 말도 있다.

하지만 사무직에서 기술직으로 넘어온 사람들의 대부분은 "적어도 내 몸을 쓰는 만큼 내가 벌어 간다"라는 명확한 계산법이 생긴다. 또한 관리직에서 겪던 '끝나지 않는 저녁 업무'가 사라지고, 해가 지면 일을 끝낼 수 있다는 단순한 사실만으로도 만족감을 크게 느낀다고 한다. 이렇게 보면, 사무직에서 기술직으로의 이직은 단순한 직업 이동이 아니다. 누군가는 더 많은 수입을 위해, 누군가는 더 많은 자유를 위해, 또 누군가는 더 큰 보람을 위해 선택한다.

어떤 이유에서든 그 선택에는 공통적으로 "내 인생의 2막을 스스로 설계해 보고 싶다"는 의지가 숨어 있다. 그리고 그 의지는 현장에서 종종 목격된다. 새로운 도구를 들고, 새로운 기술을 익히며, "지금부터는 진짜 내 인생을 내 방식대로 만들어 보겠다"는 눈빛을 자주 본다.

어쩌면 인생의 2막이란 거창한 것이 아닐지도 모른다.

그저 내가 감당할 수 있는 만큼 벌고, 내가 책임질 수 있는 만큼 일하며, 그 안에서 작은 성장과 만족을 찾는 과정.

그것만으로도 누군가에게는 충분히 멋진 2막의 시작이 된다.

당당하게 현장으로

최근 뉴스를 보면, 현장에서 일하는 사람들의 스펙트럼이 점점 넓어지고 있다는 걸 실감하게 된다.

일류 대학교 출신 청년이 안전모를 쓰고 일한다는 기사도 있었고, 전직 국가대표 운동선수가 현장에서 일한다는 보도도 있었다. 물론 이런 사례들은 어디까지나 '눈에 띄는 특별한 케이스'일 뿐이다. 하지만 이 흐름을 가볍게 볼 수 없는 이유가 있다. 현장이라는 공간이 더 이상 "못해서 오는 곳"이 아니기 때문이다. 요즘은 오히려 스스로 선택해서 들어오는 사람들, 자신의 속도와 방식으로 인생의 2막을 다시 설계하려는 사람들이 많아지고 있다.

누군가는 기술을 배우고 싶어서, 누군가는 자유로운 일의 리듬을 찾고 싶어서, 누군가는 지금의 길이 자신에게 맞지 않는다는 것을 깨달아서 현장으로 온다. 그리고 놀라운 점은, 그들의 이야기가 생각보다 훨씬 뜨겁고 진지하며 인간적이라는 것이다. 현장은 단순히 '일하는 곳'이 아니라 삶의 다음 페이지를 열기 위해 사람들이 모이는 공간이었다.

여기서는 나이가 중요하지 않고, 학력도 중요하지 않다. 결국 중요한 건 오늘 얼마나 성실히, 얼마나 정직하게 몸을 썼느냐이다. 그리고 그 정직함은 시간이 지나면 반드시 '실력'이라는 이름으로 드러난다.

전화위복으로 인생의 방향을 바꾼 사람도 있고, 새로운 기술을 배워 장인의 길로 들어선 사람도 있다. 자유로운 삶을 위해 과감히 사무직을 내려놓은 사람도 있고, 자기의 손으로 만든 결과물에 감동해 이 길로 들어선 이들도 많다. 이렇듯 현장은 다양한 사연과 선택이 모여 만들어진 거대한 이야기의 집합이다.

그리고 그 이야기들은 대부분 밝고 힘차지만, 반대로 어쩔 수 없는 선택 끝에 현장으로 흘러들어온 사람들도 분명히 존재한다.

다시,
서기까지

운전을 하다 졸음을 쫓기 위해 라디오를 켰다. 현장으로 이동하던 중이었고, 교차로에서 신호를 기다리고 있었다. 라디오는 늘 그렇듯 별생각 없이 틀어두는 소음에 가까웠다.

안녕하세요.

당시 저는 정년퇴직을 앞둔 쉰아홉의 가장입니다. 평생을 건설회사에서 일해왔습니다. 그런데 은퇴가 다가올수록 같은 걱정이 가슴을 무겁게 눌렀습니다. 앞으로 나는 뭘 먹고 살지, 가족에게 짐이 되지는 않을까?

그 말에 나도 모르게 볼륨을 한 칸 올렸다. 창밖에서는 신호가 바뀌고 있었지만, 발이 바로 떨어지지 않았다. 라디오에서 흘러나오는 사연 소리만이 차 안을 채우고 있었다.

'빵빵~' 뒤에서 클랙슨 소리에 정신을 차렸다.

요즘 나이 60이면 한참 때 아닙니까? 그러던 어느 날 뉴스에서 자연재해 긴급 보수 공사는 선 공사 후 계약, 즉 먼저 작업하고 나중에 계약을 진행한다는 내용을 보았습니다. 동해안에는 해마다 산불, 태풍, 폭설 피해가 끊이지 않다 보니 이와 같은 보수 공사가 일반적이라는 것이었습니다. 그때 저는 마음을 굳혔습니다.

"그래, 난 아직 할 수 있어. 평생 배운 걸 마지막으로 한번 써보자." 가족들은 모두 말렸습니다.

"정년은 쉬라는 뜻이야."

"나이 들면 건강이 먼저야." 하지만 저는 몇 년 남았는지도 모르는 생을 '쉬기 위해서만' 보낸다는 것이 더 두려웠습니다. 결국 퇴직금과 서울 집 판 돈까지 모두 털어 지방으로 내려가 작은 토목 회사를 차렸습니다. 장비도 사고 사무실도 꾸렸습니다.

"나 아직 할 수 있다." 그렇게 시작한 새 삶, 초반에는 참 잘 풀렸습니다. 그러던 어느 날, 인명 사고가 났습니다.

나는 이미 어디로 가는지도 잊은 채 라디오만 듣고 있다가, 사고라는 말에 가슴이 철렁 내려앉았다. 라디오 사연을 들려주는 DJ의 목소리에서도 안타까운 마음이 묻어났다. 나에게는 오히려 "너 잘 들어~ 너에게 해주는 말이야."라는 듯 생생하게 전해졌다.

자세한 말씀은 어렵지만, 그 사고는 피해자뿐 아니라 저에게도 상상 이상의 고통을 남겼습니다. 산재 처리, 치료비, 보상비 등 끝도 없이 돈이 빠져나갔습니다. 회사에는 입찰 정지 처분이 내려졌고 장비 리스비와 유지비는 그대로였습니다. 아무도 원하지 않은 사고였지만, 책임은 저에게 남았습니다. 밤에 누우면 가슴이 막혔습니다.

"내가 뭘 잘못한 걸까! 나는 그냥 열심히 살고 싶었던 건데…."

가장 가슴이 쓰라렸던 건 팔고 내려온 서울 집이 지금은 제가 팔았던 가격의 세 배가 됐다는 사실이었습니다. 그 말을 듣는 순간 눈물이 핑 돌았습니다. 마치 내 인생의 마지막 희망을 어딘가에 두고 온 것만 같았습니다. 저는 스스로에게 묻고 싶었습니다. "나는 무엇을 위해 죽을 둥 살 둥 일했던 걸까? 내 노년은 이렇게 처참해야만 하는 걸까…"

이 사연을 보내며 마지막으로 제 자신에게 말합니다. 그래도 나는 잘 살려고 했던 사람이다. 부지런함을 믿고, 내 선택을 믿고, 내 인생을 믿었던 사람이다. 저는 지금도 무너진 마음을 추스르며 하루하루 다시 버티는 중입니다. 혹시라도 저처럼 은퇴 후 새로운 도전을 꿈꾸는 분들이 계시다면, 말리고 싶지도, 무조건 하라고도 하고 싶지 않습니다. 다만 제 이야기가 누군가에게 조금이라도 위로와 생각거리가 되었으면 하는 마음뿐입니다.

사연은 거기까지였다.

목적지에 도착했지만, 차에서 내리지 못했다. 운전대에 앉은 채로 한동안 창밖만 바라보고 있었다.

그 사연을 들은 지 한참이 지나도 현장에 가면 문득 떠오른다. 라디오에서 흘러나온 그 사연은, 내가 들었던 어떤 뉴스보다 강하게 뇌리에 박혔다. 목소리의 떨림, 단어 사이에 숨은 절망, 그리고 그 절망 속에서도 마지막까지 놓지 않은 희망의 의지가 라디오 스피커를 타고 조용히 전해졌다. 물론 지금 내가 적은 글은 그 사연을 하나하나 정확히 기록한 것은 아니다. 하지만 마음을 흔든 단어, DJ의 목소리 톤, 그 순간의 온도, 당시의 차 안과 밖의 느낌까지 모든 것이 어제 일 같다. 나는 그 잔향을 모아, 내가 생생하게 기억하는 그 사연을 다시 적어보았다.

분명한 건, 그 사연이 건설업에 종사하는 사람들에게 주는 울림은 단순한 방송 이상의 것이었다. 그 어떤 공포 영화보다 무섭고, 어떤 슬픈 영화보다 더 현실적이었다. 누군가의 신음이나 눈물이 아니라, 평생 쌓아 올린 삶이 한순간에 붕괴될 수 있다는 현실.

그것을 아는 사람들만이 이해할 수 있는 깊이였다.

나는 라디오 속의 사연자 이름도, 얼굴도, 지금 어디에 있는지도 모른다. 하지만 그와 너무나 비슷한 사람을 실제로 알고 있었다.

보호색을 두른 사람

그때 나는 현장에 막 발을 들인 기사였다. 안전화는 늘 흙과 시멘트 가루로 덮여 있었고, 무전기는 하루 종일 쉬지 않았다.

"형틀 시마이하고 간다니까 가서 오가네 확인 좀 해봐. 내일 공구리 터지면 큰일 나니까 반생이 야무진지 일일이 체크하고…."

(목수 거푸집 작업 팀 완료하고 퇴근한다고 하니까 가서 수직, 수평, 레벨 맞는지 확인해 봐. 내일 콘크리트 타설하는데 거푸집 터지면 큰일 나니까, 묶어둔 철사 튼튼한지 하나하나 흔들어봐서 확인해 봐.)

도대체 무슨 말인지 알 수 없는 지시들. 무전은 끊임없이 쏟아졌고, 나는 늘 같은 말로 답했다.

"네, 알겠습니다."

알겠다는 말은 습관처럼 튀어나왔지만, 속으로는 절반도 이해하지 못한 경우가 허다했다. 무전 내용을 이해하면 욕 안 먹고 지나갔고, 못 알아듣고 이행을 못 하면 깨지는 것이 일상이었다.

그날도 그랬다. 무전이 끝난 뒤 한참을 서 있었다. 그때 전화가 왔다.

"아까 무전 들었죠?" 십장^{작업반장}님이었다.

"네…."

"제가 확인했어요. 와서 한번 같이 보시죠."

마치 과장님이 지시하신 내용을 나에게 확인을 요청하는

듯한 말투였지만, 사실은 내가 뭔가 놓치지 않았을까 염려의 목소리였다.

그는 늘 그랬다. 큰소리를 내지 않았고, 앞장서서 끌고 가지도 않았다. 우리는 나란히 걸었다.

내일 콘크리트 타설 구간 앞에서 멈췄고, 그는 거푸집을 기대어 논 파이프를 하나씩 흔들어 보았다. 그러다 한곳에 멈춰 섰다.

"여기 흔들리네요." 하며 붉은색 스프레이로 파이프에 표시해 두었다.

"체크해 둔 부분, 내일 아침 콘크리트 타설하기 전에 보강하라고 하면 됩니다."

나 역시 십장님의 하는 행동을 따라 하면서 파이프를 하나씩 흔들어 보았다.

그는 콘크리트 타설 라인, 거푸집 상태, 배근 간격, 스페이서철근과 거푸집 사이를 띄어놓는 부자재 누락 여부, 하나부터 열까지 설명해 주었다.

"여기도 스페이서 빠졌네…." 하며 추가로 스프레이로 표시를 했다.

나는 고개를 끄덕이며 메모를 했다.

괜히 변명이 먼저 나왔다.

"사실 제가 설계 전공이라 현장은 잘…." 말을 끝까지 하지 못했다.

"그런데 학교에서는 왜 이런 실무는 안 알려줄까요?" 지금 생각하면 유치한 핑계였지만, 그때 나는 자존심이 상처 입을까 두려웠던 어린 기사였다. 십장님은 그런 나의 변명에 그냥 묵묵히 듣고, 조용히 알려주실 뿐이었다.

그날 이후로도 우리는 자주 같이 걸었다. 그는 늘 한 발 정도 앞에서 걸었다.

나중에 알았다.

그분은 예전에 건설회사를 운영하던 사람이었다.

한번은 팀 회식 자리에서 십장님과 나란히 술잔을 기울인 적이 있었다. 시끄러운 자리였지만, 십장님 쪽은 유난히 조용했다. 술잔은 비어 가는데, 말은 많지 않았다.

"십장님 제가 한 잔 따라 드릴게요." 내가 먼저 말을 걸었다.

"항상 고맙습니다." 그동안 하지 못했던 인사를 드리며 잔을 부딪쳤다.

"모르는 것 있으면 십장님한테 물어봐. 다 알려주시니까
…." 나의 말을 듣고 과장님께서 조언을 하셨다.

"안 그래도 매일 여쭤보고 있어요~"

"다 알고 있어~ 임마!" 과장님은 다 알고 계셨다.

한 잔, 두 잔,

십장님은, 사석이었지만 어린 기사들에게는 끝까지 존댓
말을 썼다.

"괜찮으세요?"

"먼저 드세요." 오히려 과장님 쪽에 앉아 있을 때는 말투가
풀렸다.

"그건 내가 볼게."

"그건 그렇게 하면 안 돼." 묘한 질서였다.

십장님의 과거를 이미 알고 계신 과장님은 술기운을 빌려
십장님께 사적인 질문을 했다.

"그런데 어쩌다 그렇게 된 거예요?"

"빌라 세 개가 들어서는 현장이었어. 거기서 뭐… 잘못된
거지." 말투는 담담했다.

"다 지난 일이야. 나는 다시 그때로 돌아가고 싶지 않아."

"그래도 다시 재개하셔야죠~"

과장님의 말에 십장님은 고개를 숙이며 고개를 저었다.

"그 일 겪고 나서, 집사람이 먼저 갔어." 잠깐 숨을 고르더니 다시 말을 이었다.

"그냥 하루하루 조용히, 스트레스 없이 일하고 싶어." 그 말에 우리는 어떤 말도 할 수 없었다.

그분은 현장에서 요란하게 앞서가려고 하지 않았다. 앞서 나가지도 않았고, 불필요한 말로 존재감을 드러내지도 않았다. 하지만 일이 틀어질 때면 가장 먼저 그분이 움직였다. 문제가 생기면 고개를 숙여 바닥을 봤고, 누군가 다칠 수 있는 자리에는 말없이 먼저 서 있었다. 나는 그 모습을 보며 이 사람이 선택한 방식이 따로 있다는 생각이 들었다.

눈에 띄지 않지만, 자신을 지키는 방식.

필요할 때만 드러나고, 불필요할 때는 뒤로 물러나는 색.

나는 그 색을 마음속으로 '보호색'이라 생각했다. 평생 현장의 비와 햇빛을 맞아본 사람만이 자연스럽게 입게 되는 색. 더 이상 자신을 증명하지 않아도 되는 사람의 색.

그 색은 화려하지 않았고, 그래서 더 오래 남았다.

상처의 시간

이와 비슷하면서도 조금 다른 케이스가 지금의 회사에도 있었다. 경력직 직원을 한 명 뽑았는데, 그는 면접 자리에서 조심스럽게 말했다. 예전에 자신이 운영했던 회사가 지금 내가 운영하는 회사보다 규모가 컸다는 것이었다.

처음에는 대수롭지 않게 생각했지만, 공공 입찰을 오래 하다 보면 자연스럽게 각 회사의 규모와 과거 실적이 어느 정도 보이기 마련이다. 그가 말한 회사는 나도 알고 있던, 지역에서 이름 있는 업체였다. 왜 문을 닫게 되었는지, 언제부터 어려움이 시작되었는지 그는 끝내 말하지 않았다. 다만 회사가 무너지는 과정에서 가족이 흩어지고, 결국 이산가족이 되었다는 말만 조용히 꺼냈다. 짧은 대화 속에 그의 말은 순간 마음이 서늘하게 내려앉았다.

사람이 평생 쌓아온 회사를 잃는다는 건 그저 일터 하나 사라지는 문제가 아니다. 삶의 중심, 자존감, 명함처럼 들고 다니던 정체성까지 한꺼번에 무너지는 일에 가깝다. 그 붕괴 속에서 가족까지 흩어졌다면, 그건 말 그대로 사람이 서 있는 바닥이 송두리째 사라지는 경험이었을 것이다. 일은 묵묵히 정확하게 했지만, 마음은 늘 어딘가에 닿지 않은 듯했다.

그를 이해할 수 있었다. 한때 회사를 책임졌던 사람이 지금은 누군가의 직원으로서 월급을 받는 위치에 선다는 것은 머리로는 받아들여도 마음까지 자연스럽게 따라오는 일이 아니기 때문이다. 그는 결국 한 달 월급을 받고 조용히 회사를 떠났다. 그저 "수고하셨습니다."라는 짧은 한마디를 남기고 돌아섰다.

그가 겪었던 무너짐의 크기, 그 무게를 안고 다시 시작하려 했던 용기, 그리고 그 자리에서 마주쳤을 또 다른 현실의 상처. 다시 올라가는 것보다, 이미 한 번 무너져 내려온 자리에서 버티는 일이 더 힘들었을지도 모른다.

삶을 다시 세우는 과정은 의지의 크기로만 되는 게 아니라 상처가 견딜 수 있는 시간도 함께 고려해야 하니까.

라디오 속 사연의 주인공도, 십장님도, 그리고 잠시 머물다 떠났던 그 직원도.

현장의 이곳저곳에서 묵묵히 일하는 수많은 사람들 역시 각자의 방식으로 '다시 시작'을 겪는다. 누군가는 다시 일어섰고, 누군가는 주저앉았고, 누군가는 그 중간 어딘가에서 하루를 버틴다. 나는 지금도 그들의 걸음걸이를 잊지 못한다. 크게 소리치지 않고, 요란한 몸짓도 없던 조용한 발걸음. 그 발끝에는 수십 년의 경험과 후회, 놓아버린 것들과 끝내 놓지 못한 것들, 그 모든 결이 얇은 먼지처럼 겹겹이 쌓여 있었다.

공감을 못 했을 때도 있었다.

"왜 욕심을 더 내지 않을까?"

"왜 다시 도전하지 않을까?"

나에게는 그저 지치고 무기력한 모습으로 보였다. 하지만 지금은 그 질문에 대답할 수 있다.

다시 시작한다는 일, 다시 욕심을 낸다는 일에는 겉으로 보이지 않는 무게가 있다는 걸 이제는 안다. 그 무게를 온몸으로 짊어져 본 사람만이 조용해진다. 말을 아끼게 되고, 걸음은 느려지고, 반대로 마음은 더 깊어진다. 겉으로는 무채색 같지만, 그 안에는 누구보다 진한 삶의 농도가 들어 있다. 쉽게 설명할 수 없는 그 농도는 한 번 무너져 본 사람들의 가슴 속에서만 나는 냄새에 가깝다.

지금도 그들의 뒷모습을 떠올리면 가슴이 뜨겁다. 말수는 적었지만, 그분들이 남긴 메시지는 어떤 강한 구호보다 더 선명하게 마음에 박혔다.

"사람은 누구나 다시 시작할 수 있다. 하지만 그 '다시'에는 각자의 무게가 있다." 그 말은 시간이 지나도 쉽게 흐려지지 않는다.

보이지 않는 무게

우리는 저마다 책임을 지고 산다.

나이가 든다는 건 시간이 쌓이는 일만이 아니라,

어깨 위에 얹히는 무게가 늘어나는 일일지도 모른다.

주름은 그 무게가 남긴 자국이고,

등이 굽는 건 그 무게를 오래 버텨 왔다는 흔적일 것이다.

현장에 오는 사람들은

각자 집에서부터 책임을 어깨에 이고 온다.

그 무게는 각자 다르지만

가벼운 책임을 들고 오는 사람은 없다.

자재를 나르는 사람은 그 자재가 제자리에 있어야

다음 일이 이어진다는 걸 안다.

그래서 몇 번이고 계단을 오르내린다.

철근이 빠지거나 콘크리트 강도가 안 나와서,

이미 지은 걸 부수고 처음부터 다시 시작해야 한다는

뉴스도 보인다.

형틀이 잘못 서면 사람이 깔릴 수도 있고,

방수가 틀리면 아무리 나중에 고쳐도

처음의 실수를 되돌릴 수 없다.

인테리어는 잘한 것도 못한 것도 바로 눈에 보인다.

현장에서 일하는 사람 중 누구 하나

'오늘 하루 때운다.'라는 생각을 하는 사람은 없다.

모두가 준공이라는 끝을 향해 자기 몫의 책임을 들고 버틴다.

공구도 자재도 무겁지만, 마음을 무겁게 누르는 것은

이 일을 바라보는 일부 차가운 시선이다.

그럼에도 사람들은 오늘도 묵묵히 땀을 흘린다.

    도면에 없는 사람들

그 하나하나의 책임이 모여 집이 되고,

건물이 되고, 사람들의 삶이 놓일 자리가 된다.

그 위를 걷는 사람들은 그 무게를 보지 못한다.

누군가는 오늘도 그 책임의 무게를 들고 현장에 나선다.

3부

마주
서기에서
같이
보기까지

빛과
그림자

　사람이 모인 곳은 어디든 작은 사회가 만들어진다. 건설 현장도 예외는 아니다. 현장에서 하루를 보내다 보면, 빛처럼 환한 사람들을 끊임없이 만나게 된다. 해가 뜨기 전부터 자리를 지키는 사람, 먼지를 뒤집어쓰고도 농담 한마디로 분위기를 바꾸는 사람, 맡은 공정을 끝까지 책임지고 하자가 생기면 밤에도 헤드 랜턴을 켜고 달려오는 사람. 이런 사람들이 현장의 하루를 지탱한다. 누가 보지 않아도 자신의 이름을 걸고 묵묵히 일을 해내는 사람들. 그들의 손끝이 모여 한 층씩 건물이 올라간다.

　하지만 밝은 면이 있으면 그늘도 생긴다. 그 틈을 악용하는 사람도 있다. 남의 노력을 발판 삼아 이득만 챙기려는 사람, 책임은 피하고 권한만 챙기려는 사람, 문제가 생기면 가장 먼저 사라지는 사람. 현장에는 이 빛과 그림자가 함께 있다. 어떤 날은 빛이 더 강하고, 어떤 날은 그림자가 더 짙을 뿐이다.

믿은 만큼 쓰라리다

정말 믿던 사람에게 당한다는 말은 이 바닥에서도 그대로 통한다. 철근을 세우고, 설비를 놓고, 콘크리트 타설하고 방수를 하고…. 현장은 수십 개의 공정이 연결된 곳이라, 모든 작업을 직접 할 수 없기에 때로는 하도급 업체와 계약을 하기도 하고, 직영 공사 팀과 계약하기도 한다. 그래서 신뢰가 쌓인 협력업체와 오래 함께 가는 건 서로에게 큰 이득이다.

그중 한 팀은 특히 그랬다. 일은 빠르고, 마감은 정확했다. 하자가 생기면 밤에도 와서 고치고, 말없이 묵묵히 자기 일을 끝내는 스타일이었다. 시간이 지나자 나는 자연스럽게 확신이 생겼다.

'정말 열심히 하는 팀이구나. 믿고 맡길 수 있겠구나.' 그 믿음이 무너진 건 어느 날 갑자기였다. 낯선 번호로 전화가 왔다.

"소장님 임금을 아직 못 받았습니다." 잠시 말문이 막혔다.

공사 대금과 노무비는 이미 전부 지급된 상태였다. 현장과 이름을 묻자, 그는 며칠만 더 기다려 보겠다고 말끝을 흐렸다. 하지만 하루에 한 통이던 전화가 다음 날엔 두 통, 그다음 날엔 세 통이 됐다. 며칠 뒤에는 발주처에서도 연락이 왔다.

"작업자 중 임금 체불이 있다는 신고가 들어왔습니다. 사실인가요?" 그 말을 듣는 순간 등줄기가 서늘해졌다. 여러 업체에 확인했지만 모두 "아니다."라고 했다. 그러나 불안은 멈추지 않았고, 결국 또 다른 작업자의 전화가 왔다. 그리고 마침내 전말이 드러났다.

회사에서 가장 신뢰하던 그 팀장이 공사 대금과 노무비를 전부 들고 사라진 것이다. 심지어 자재비 역시 결제되지 않은 상태였다. 후불 정산 구조를 악용해 여러 현장을 동시에 벌려놓고, 돈이 손에 모이자 그대로 종적을 감춰 버린 것이었다. 그 며칠은 지금 생각해도 숨이 턱 막힐 만큼 괴로웠다.

발주처, 작업자, 자재 업체.

전화는 끊이지 않았고, 책임은 모두 우리 쪽으로 쏟아졌다. 결국 회사는 작업자들에게 노무비를 다시 지급했다. 자재비는 다행히 큰 피해 없이 정리됐지만, 이미 벌려놓은 공사는 추가 비용을 들여 겨우 마무리해야 했다.

뒤늦게 들은 소문에 따르면, 그 팀장은 도박에 빠져 있었다고 했다. 건설 현장의 팀장이라는 자리는 생각보다 '현금'이 자주 손에 쥐어진다. 매일 인건비를 정산하고, 경비와 자재비가 손을 거친다. 그 흐름을 악용하기로 마음먹는 순간, 피해 규모는 순식간에 수백, 수천으로 불어난다.

이 일은 나만 겪는 일이 아니다. 현장에서 오래 버틴 사람들은 누구나 한번은 이런 그림자를 스친다. 그렇다고 이 업계의 대부분이 나쁘다는 뜻은 절대 아니다. 오히려 성실하고 책임감 있는 사람들이 훨씬 많다. 다만 이 일은 돈이 크게 오가는 만큼, 가끔 그 유혹에 무너지는 사람이 분명 존재한다.

다행히 요즘은 제도적으로 위험을 줄이려는 장치가 많다. 공공공사의 경우 '하도급 지킴이' 제도가 있어 노무비와 공사 대금이 중간에서 새는 일이 거의 없도록 정부가 직접 지급 흐름을 관리한다. 작업자 임금은 법적으로 최우선 변제 대상이라 체불 신고만 하면 절차가 빠르게 진행된다.

하지만 민간 공사는 이야기가 다르다. 임금을 못 받았다고 해도 바로 보전되는 구조가 아니고, 절차도 훨씬 복잡하다.

그래서 일 시작 전에 최소한 업체 사무실 위치, 업체명, 담당자, 가능하면 사업자등록번호까지 정확하게 파악하는 것만으로도 문제가 생겼을 때 대응할 수 있는 폭이 완전히 달라진다.

가면을 쓴 사람

여러 현장에 함께한 협력업체 한 곳이 있었다.

어느 날, 그 팀에 막내 팀원이 새로 들어왔다고 했다. 팀장은 드물게 얼굴에 웃음까지 띠며 칭찬을 쏟아냈다.

"애요? 정말 성실해요. 묵묵하고, 부지런하고, 뭐든 배우려는 자세가 돼 있어요." 그 팀장은 사람들 칭찬을 잘하는 편이 아니었는데 유독 더 애정을 갖는 듯했다. 그런데 며칠 뒤, 그 칭찬을 듣던 막내에게서 전화가 왔다.

"팀장님이 돈을 안 줍니다. 저, 그 현장에서 일했으니까 소장님이 주세요."

말투와 어조는 급한 상황도 억울한 상황도 느껴지지 않고 이상하게 협박을 하는 듯하였다. 황당했지만 혹시 팀장에게 무슨 사정이 있었나 싶어 곧바로 전화했다.

"팀장님, 그 친구 임금 체불됐다고 연락 왔어요. 무슨 일이에요?" 잠시 정적이 흐르더니, 팀장이 길게 한숨을 내쉬었다.

"그쪽에도 전화가 갔어요? 그 애 가면을 썼던 거였어요. 완전히 당했습니다."

그 뒤로 들은 이야기는 이랬다. 막내는 처음 현장에 왔을 때 이렇게 말했다고 한다.

"저는 초보니까 일당을 다른 사람보다 적게 주셔도 됩니다. 대신 제대로 배우고 싶어요."

현장에서는 초보라도 받는 금액이 정해져 있는데, 스스로 낮은 금액을 제시하며 배우겠다고 하니 팀장은 오히려 고맙게 여겼다고 했다.

한 달 뒤, 팀장은 약속보다 조금 더 챙겨줬다고 한다. 그런데 막내가 급여를 받는 순간 말이 뒤집혔다.

"제가 그런 말을 왜 해요? 일당 제대로 계산해서 주세요."

팀장은 어이가 없었다. 하지만 말싸움이 길어질수록 일은 커졌고, 결국 차액을 맞춰주며 일단락되는 듯했다.

하지만 그게 끝이 아니었다. 그러고도 그 신입 작업자는 또 다른 요구를 한 것이었다. 기존 작업하면서 10분이라도 먼저 오거나 늦어진 날은 모두 체크해서 그 비용도 모두 달라는 것이었고, 나아가 "거짓말쟁이 취급했다."며 위자료까지 요구한 것이다.

"안 주시면 발주처에도 신고하고 노동부, 경찰서 다 갑니다."

그 팀장은 당시 여러 현장을 동시에 맡고 있었고, 이 문제에 시간을 쏟을 여유가 전혀 없었다. 무엇보다 이 신입이 원도급 업체마다 전화를 돌리며 소란을 피우자 결국 원하는 금액을 다 맞춰주고 더는 엮이지 않기로 결정했다고 한다. 그리고 얼마 뒤, 다른 협력업체를 통해 비슷한 상황을 겪었다는 이야기를 들었다. 어떤 의도로 시작되었든, 이미 합의된 범위를 넘어 위로금 등 추가 금액을 두고 다툼이 생기는 경우가 적지 않다는 것이었다.

믿음을 먹고 자라는 사람도 있지만, 믿음을 배신하고 배를 채우는 사람도 분명 있다. 현장의 그늘은 늘 그렇게 조용히, 아무렇지 않은 얼굴을 하고 다가온다.

그 이야기를 들었을 때, 몇 년 전 겪었던 일이 자연스럽게 떠올랐다. 현장이 멀어 파견 직원을 한 명 뽑았는데, 첫날 그는 이렇게 말했다.

"현장 한번 보고, 조건 맞춰서 계약서 쓰죠."

그 말투에는 여유가 있었고, 의심할 만한 구석은 전혀 없었다. 그러나 며칠 뒤, 그 직원은 현장 조건이 안 좋다며 통보하다시피 하고 일을 나가지 않았다. 그리고 노동청에서 전화가 왔다. "계약서 없이 노동을 시켰다는 신고가 접수됐습니다."

순간 머리가 멍해졌다. 그를 믿고, 그의 말대로 하면 될 거라 생각했다. 하지만 법은 말이 아니라 문서를 보았다. 결국 며칠 출근한 그에게 한 달 치 월급을 정산해 주고 관계를 정리할 수밖에 없었다. 당시 담당 노무사와 상의를 하던 중, 계약서 정리가 되지 않은 상태에서 분쟁으로 이어지는 사례가 적지 않다는 말을 들었다.

그 일을 겪은 뒤로, 나와 비슷한 상황에 놓였던 사업체들을 종종 보게 되었다.

사람은 때때로 가면을 쓴다. 하지만 처음부터 가면을 쓰고 다가오는 사람 앞에서는 속수무책일 수밖에 없다. 특히 착한 얼굴을 한 채 다가와 작은 틈을 파고드는 사람이 오히려 더 무서울 수밖에 없다.

현장에 오래 있다 보면, 사람은 누구나 빛과 그림자를 함께 가진다는 사실을 자주 마주하게 된다. 성실함으로 하루를 버티는 사람이 있는가 하면, 남의 호의를 이용하는 사람도 있다. 둘은 늘 함께 있고, 때로는 구분조차 쉽지 않다.

현장에서 내가 배운 건 단순했다. 누군가를 믿는 일에는 거리 감각이 필요하다는 것, 그리고 그 감각을 잃을 때 가장 크게 다친다는 것. 하지만 그 경험들이 오해를 만들지는 않았으면 좋겠다. 내가 지나온 수많은 현장에는 묵묵히 자기 몫을 다하는 사람들이 더 많았다. 아무도 보지 않는 시간에도 자신의 이름을 걸고 일하는 사람들. 결국 현장을 움직이는 건 그런 사람들의 조용한 손이었다.

어떤 날은 빛이 더 강했고, 어떤 날은 그림자가 더 짙었다. 그저 시간과 경험이 모든 것을 하나씩 알려줄 뿐이다.

지키기 위한
싸움

현장은 누군가의 땀으로 돌아가지만, 그 땀만큼이나 자주 튀어 오르는 것이 바로 '다툼'이다. 거친 바닥 위로 흩날리는 먼지 속에 차가운 목소리, 무전기에서 들려오는 날 선 말투, 감리와 작업자가 서로 다른 지점을 가리키며 조금씩 목소리가 높아지는 순간들.

누군가는 일정이 밀릴까 조급해서, 누군가는 품질을 지키기 위해 한 치도 물러설 수 없어서, 누군가는 자신의 책임을 다하려고 목청을 세운다. 겉으로 보면 그저 싸움 같지만, 조금만 가까이서 들여다보면 모두가 자신이 맡은 조각을 지키기 위한 몸부림이다.

하루에도 몇 번씩 부딪힌다. 문화가 달라서, 말이 달라서, 이해가 반 뼘씩 어긋나서. 하지만 시간이 지나면 알게 된다.

그 날 선 순간들이 결국은 더 안전한 현장을 만들고, 더 단단한 구조를 만들고, 더 많은 사람을 지키기 위한 과정이었다는 걸. 그리고 그 싸움 속에서 사람도 조금씩 변한다. 어제보다 한 번 더 양보하고, 지난주보다 한 번 더 정확하게 보고, 그렇게 현장을 배우고, 조금씩 단단해져 간다.

말 한마디가 부른 큰 파도

공사 현장은 늘 먼지와 소음으로 가득하지만, 그 안에서 가장 많이 오가는 것은 사실 '말'이다. 무전기에서는 하루 종일 지시와 조율이 쏟아지고, 현장 한 켠에서는 작업자들이 손짓으로 공정을 설명한다. 생각해 보니, 현장의 아침에도 가장 먼저 말로서 시작되고, 점심시간에도, 퇴근 직전에도 말은 멈추지 않는다. 하지만 아이러니하게도, 이 많은 말들이 오히려 갈등의 씨앗이 되기도 한다. 특히 언어와 문화가 다른 사람들이 함께 일하는 현장에서는 단어 하나, 억양 하나가 분위기를 순식간에 바꾼다. 말은 바람처럼 가볍지만, 때로는 쇳덩이처럼 무겁게 떨어지기도 한다.

외부 방수 작업이 한창이던 여름이었다. 태양 아래 벽면이 뜨겁게 달궈져 손을 오래 대지도 못할 정도였고, 바닥에서는 미세한 먼지가 계속 피어올라 작업하는 사람들의 신경을 자꾸 긁었다. 방수는 보기보다 훨씬 정밀한 공정이다. 시트 방수를 붙이려면 바람이 잠잠해야 하고, 바닥은 먼지가 거의 '제로'에 가까워야 한다.

아침 조회부터 작업자들에게 방수 구간을 알려줬다.

"오늘은 1동과 2동 사이 방수 작업을 진행합니다. 오늘부터 일주일간 해당 구간은 통행이 불가하니, 작업자분들은 우회해 주시기를 바랍니다. 그리고 방수팀에서는 통행금지 표시 부탁드립니다."

방수팀은 통행로 이쪽저쪽에 안내판을 세워두었다. 그리고 아침부터 바닥을 쓸고 또 쓸었다. 청소는 대부분 아주머니 작업자들이 맡고 있었다.

"여기 다시 한번 더요."

"아까 쓸었던 데 바람 불어서 그래요."

아주머니들은 말없이 다시 허리를 굽혔다. 수건으로 이마의 땀을 닦고, 무릎과 허리가 아픈 줄도 모른 채 바닥을 밀었다. 두세 시간을 쓸어도, 바람 한 번이면 다시 먼지가 날아왔다. 그날도 마찬가지였다. 그런데 점심 무렵, 다른 공정 작업자 여러 명이 그 구역을 가로질렀다. 외국인 노동자들이었다. 어디가 방수 준비 구간인지 누구도 정확히 설명해 준 적이 없었다. 통제선도, 안내 표지판도 한글을 모르는 그들에게는 무용지물이었다. 아주머니 한 분이 빗자루를 멈췄다. 방금 쓸어낸 바닥 위에 흙이 묻은 신발 자국이 선명했다. 하루 내내 쓸어낸 바닥이 다시 더러워지는 일은 방수팀에게는 거의 치명적이다. 더군다나 검측 시간까지 얼마 남지 않아 팀장은 안 그래도 조급한 상태였다. 손에 들린 무전기를 꽉 쥔 채 숨도 가빠진 상태에서 소리를 높였다.

"여기 지금 방수 작업 중이잖아요!"

외국인 근로자는 대답이 없었고 방수팀장을 무시하는 듯했다.

"작업 중이라고. 보면 몰라?"

화가 난 팀장은 언성을 높이며 말투가 거칠어졌다. 사실 그때까지 외국인 근로자들은 무슨 말을 하는지 몰랐다. 하지만 이어진 한마디가 문제였다.

화가 난 팀장에게서 욕이 튀어나왔다. 외국인 근로자 한 명이 걸음을 멈췄고, 다른 한 명이 고개를 돌렸다. 한국말을 완전히 못해도 '욕'만큼은 정확하게 알아들었다. 그 한마디는 곧바로 모욕이 되었고, 모욕은 그대로 분노로 이어졌다.

외국인 근로자들은 방수팀장을 밀치며 "왜 욕해?"라고 외쳤다.

"하지 마요! 다시 쓸면 돼~" 아주머니들이 사이로 들어왔다.

외국인 근로자들은 그들의 언어로 말을 했다. 그러자 방수팀장은 더욱 흥분했다.

"한국에 돈 벌러 왔으면 한국말을 해야 할 거 아니야? 한국어 몰라? 여기 쓰여 있는 거 한글 몰라?"

욕과 함께 말은 더 거칠어졌고, 말에서 그치지 않았다. 오해와 분노가 서로를 향해 튕기며 번지기 시작했다, 결국 몸싸움이 벌어졌고, 말리러 나선 아주머니들까지 팔과 어깨를 부딪치고 넘어지며 다치는 일이 생겼다. 짧은 순간이었지만 현장은 완전히 뒤집어졌다. 서로의 숨소리, 고함, 신발이 바닥을 차는 소리들이 하나의 혼란스러운 파도처럼 울렸다. 청소한 곳은 엉망진창이 되어버렸다. 나와 직원들이 말려봐도 그들의 흥분은 조금도 가라앉지 않았다. 이건 단순한 작업 갈등이 아니라 서로의 존중이 무너져 버린 순간 터져 나온 감정의 충돌이었기 때문이다. 누군가의 신고로 경찰들까지

출동했다.

"집단 폭행당했어요!"

"고소할 거예요!"

"아무래도 불법 체류자 같아요!"

그 와중에 외국인들은 계속 알아들을 수 없는 말만 했다. 그 혼란 속에서 '누가 먼저 잘못했는지'를 정확히 가릴 방법은 없었다. 언어도 달랐고, 감정의 온도는 이미 감당할 수 없을 만큼 올라와 있었기 때문이다. 방수팀은 하루 종일 쓸어 낸 바닥을 지키려 절박했을 것이고, 외국인 작업자들은 상황 전달도 제대로 못 받은 채 현장 앞 작은 한글로 된 팻말이 전부였기에 몰랐던 것이다. 그리고 그 모든 조급함과 답답함이 '말'이라는 좁은 통로에서 충돌하며 폭발된 것이었다.

현장에서의 말은 단순한 언어 전달로 끝나지 않는다. 무전기에서 튀어나온 한마디가 그대로 작업 속도가 되고, 누군가의 표정이 되고, 때로는 그날 하루의 분위기를 통째로 바꿔 버린다. 특히 서로 다른 배경을 가진 사람들이 함께 일하는 현장에서는 말이 더 빠르게, 더 멀리 굴러간다. 같은 단어를 써도 받아들이는 쪽은 다르고, 같은 억양이라도 누군가에게는 지시가 되고, 누군가에게는 모욕이 된다. 종종 현장은 여러 나라 사람들이 함께 모여 하나의 구조물을 완성하는 공간이 되기도 한다. 삶의 방식도 다르고, 일의 리듬도 다르고, 말에 담는 온도 역시 제각각이다. 그 다름이 자연스럽게 이어질 때는 현장이 놀랄 만큼 조용하게 돌아간다. 하지만 어느 한쪽이 조급해지거나, 설명이 생략되거나, 말이 감정을 앞서기 시작하면 그 조용함은 순식간에 깨진다.

그날의 현장도 그랬다. 누구 하나 일부러 싸우려던 건 아니었고, 누구 하나 일을 망치려던 것도 아니었을 것이다. 다만 각자가 지키려던 것이 달랐고, 그걸 설명할 말은 너무 짧았다. 파도는 오래가지 않았다. 경찰차가 떠났고, 작업은 멈췄다. 방수 작업 팀과 외국인 근로자들은 모두 경찰서로 향했고, 그날의 현장은 끝내 작업 전 상태로 되돌아갔다.

나를 위해서가 아닌 아이를 위해서

거의 처음으로 소장이라는 직함을 달고 맡은 현장은 초등학교 인테리어였다. 그동안 해왔던 공사와는 달리, 안전과 품질은 물론 수익까지 함께 책임져야 한다는 사실이 유난히 무겁게 느껴졌다. 초등학교 공사는 학교 공사 중에서는 가장 까다롭다고 볼 수 있다.

　시공 난이도 때문은 아니다. 아이들이 생활하는 공간이라는 사실 하나만으로도 현장의 기준은 몇 배로 높아진다. 날카로운 모서리 하나, 냄새가 남는 자재 하나, 미끄러질 가능성이 있는 바닥 마감 하나까지도 모두 문제의 소지가 된다. 자재를 고를 때마다 카탈로그보다 먼저 보는 건 성적서였다.

　하지만 가장 어려운 점, 바로 작업 구역에 아이들이 예고 없이 뛰어든다는 점이었다. 수업 종료 종이 울리는 순간, 조용하던 복도는 순식간에 운동장처럼 변했다. 아이들은 공사 가림막 앞에서 멈추지 않았다.

“여기 뭐 하는 거예요?”

“아저씨 이거 뭐예요?”

　호기심 많은 눈들이 가림막 틈으로 쏟아졌다. 나는 하루에도 몇 번씩 작업자들에게 말했다.

“아이들 지나가면 잠깐 멈춰주세요.”

　공정은 느려졌고, 일정은 계속 밀렸다. 그리고 초등학교 현장은 ‘시어머니’가 너무 많았다. 일반 현장은 구조가 단순하다. 발주처 담당자, 감리, 그리고 사용자. 보통 이 셋이면 충분하다. 누가 결정권자인지도 명확하고, 의견이 바뀌더라도 흐름이 있다.

초등학교는 달랐다. 교장 선생님, 교감 선생님, 담당 선생님, 미술 선생님, 거기에다 지나가다 잠깐 들른 선생님까지. 더욱이 선생님들이 학생들에게 설문 조사까지 했다. 모두가 이 현장의 이해 당사자였다.

"저 색은 조금 진하지 않나요?"

"아이들 눈에는 부담될 것 같은데요."

"문은 여닫이보다는 미닫이가 더 좋지 않을까요?"

"나뭇잎 패턴이 너무 큰 것 같아요."

"아니요, 저는 오히려 작은 게 더 답답해 보여요."

회의실이 아닌 복도, 계단, 급식실 앞에서 이런 말들이 쏟아졌다. 그때마다 나는 고개를 끄덕였다.

"네, 맞습니다. 말씀 주신 부분 반영해 보겠습니다."

진심이었다. 아이들 공간을 더 좋게 만들고 싶다는 마음뿐이었다.

하지만 문제는 속도였다. 하루가 멀다 하고 요구가 바뀌었다. 시안이 바뀌면 작업이 바뀌고, 작업이 바뀌면 자재가 바

꿰고, 자재가 바뀌면 비용이 바뀐다. 나는 그 요구들을 그대로 작업 팀에 전달했다.

"여기 색상 다시 바꿔야 한대요."

"이 부분 패턴 조금 줄여달래요."

"문 방향도 다시 검토해달라고 합니다."

처음엔 작업자들도 흔쾌히 받아줬다.

"예, 소장님."

"그 정도면 할 수 있습니다."

하지만 같은 말이 세 번째, 네 번째 반복되자 분위기가 달라졌다. 반장이 어느 날 조용히 말했다.

"소장님, 이거 추가입니다. 저희도 공사비 더 받아야 합니다." 맞는 말이었다. 추가 작업에는 추가 비용이 따른다. 현장의 가장 기본적인 원칙이다. 문제는 그 '맞는 말'이 쌓이기 시작했다는 점이었다. 견적서를 다시 열어볼 때마다 금액이 눈에 띄게 올라갔다.

나는 여전히 학교 쪽에 이렇게 말하고 있었다.

"선생님들 말씀 그대로 진행하겠습니다."

그 사이 현장에서는 추가 작업이 계속 쌓이고 있었다. 나도 모르는 사이에, 갈등의 무게는 작업자 쪽으로 기울고 있었다. 학교 측의 입장은 분명했다.

"예산 안에서 최대한 잘해달라."

작업 팀의 입장도 분명했다.

"추가 작업만큼은 추가 비용이다."

서로 틀린 말은 아니었다. 다만 그 사이에서 내가 말을 아끼고 있었다.

"일단 해드리겠습니다." 이 말이 가장 편했다. 당장 싸우지 않아도 되고, 표정 관리도 할 수 있었기 때문이다. 하지만 그 말은 갈등을 미루는 말이었지, 해결하는 말은 아니었다.

어느 날, 반장이 나를 따로 불렀다.

"소장님, 저희 다음 현장 스케줄도 있습니다."

짧은 한마디였지만, 그 말속에는 피로와 불만이 고스란히 담겨 있었다. 그제야 알았다. 이 문제를 더 이상 작업자에게 떠넘길 수 없다는 걸. 나는 교장실 문을 두드렸다. 변경된 시안, 추가 공사 내역, 늘어난 비용 자료를 하나씩 테이블 위에 올려놓았다. 종이 위에 정리된 숫자들이 오히려 말을 대신해 주는 것 같았다.

"이 상태로는 공사가 어렵습니다."

"아이들을 위한 마음은 충분히 이해합니다. 하지만 변경이 계속되면 저희도 책임질 수 없습니다."

말을 꺼내자 교장 선생님의 표정이 굳어졌다.

그동안의 호의적 방향과 다르게 갑자기 공격적인 태도에 당황하신 듯했다. 나 역시 어렸고, 말투에는 힘이 들어가 있었다.

"저희도 손해 보면서까지는 못 합니다. 이건 갑질입니다."

"갑질이요? 그럼 전부 뜯어내세요. 준공 못 냅니다." 대화는 금세 싸움이 되었다.

서로의 말은 상대를 설득하기보다는 밀어내기 시작했다. 결국 공사 기간 완료가 다가오자, 도면대로만 작업하고 손을 놓았다. 학교 측에서도 더 이상 어떤 요구 없이 준공 도장만 찍어주었고, 서로 싸늘하게 현장을 마무리 지었다.

지금 생각하면 참 경솔했다. 차분히 설명하면 될 일을, 그때의 나는 '내가 맞다'는 마음으로 받아쳤다. 시간이 지나고 나서야 알게 됐다. 그들의 요구는 욕심이 아니라 정말로 아이들을 위한 마음이었다는 걸.

조금 더 밝게, 조금 더 안전하게 만들고 싶었던 것이었다.

몇 번의 현장을 더 경험하고 나서야 깨달았다. 그때 이런 말만 했어도 상황은 달라졌을 거라는 것도.

"선생님, 마음은 충분히 이해합니다. 하지만 여기서 더 바꾸면 예산을 넘습니다. 저희도 아이들을 위해 최선을 다하고 있습니다. 이게 지금 저희가 드릴 수 있는 최선입니다." 이 말이면 대부분 이렇게 돌아온다.

"그럼 그렇게 해주세요." 나는 그걸 한참 뒤에야 알게 되었다.

방향이 엇갈리는 순간

돌아보면 현장에서 터져 나오는 다툼들은 누군가를 이기기 위한 기 싸움과는 거리가 멀었다. 그보다는 각자가 손에 쥔 것을 놓치지 않으려는 움직임에 훨씬 가까웠다. 작업자는 자신의 노동이 헛되지 않기를 바라며 버텼고, 현장관리자는 일정과 품질 사이의 균형이 무너지지 않도록 버텼으며, 발주처는 한정된 예산 안에서 조금이라도 더 나은 결과를 끌어내기 위해 버티고 있었다. 서로가 붙잡고 있는 것이 다르다 보니, 그 버팀목이 아주 조금만 어긋나도 현장은 금세 긴장했다. 작은 말 한마디, 짧은 지시 하나가 의도와 다르게 받아들여지는 순간, 그날의 공기는 눈에 보이게 달라졌다.

발주처의 요구가 끝없이 바뀌는 자리에서도, 누군가는 '조금 더 좋은 공간'을 떠올리며 말을 얹었고, 다른 누군가는 그 말 한 줄이 추가 작업으로 이어질 현장을 상상하며 뒤에서 다시 움직여야 할 사람들의 땀을 떠올렸다.

그 두 방향이 엇갈리는 순간, 대부분의 싸움은 그렇게 시작되었다. 누구는 결과물을 지키고자 했고, 누구는 책임을 지키고자 했으며, 또 누구는 자신의 영역과 역할을 지키고자 했다. 서로 틀렸다고 단정할 수는 없었지만, 그 입장들이 한 자리에서 맞부딪치는 동안 현장은 겉으로는 조용해 보여도 속으로는 계속 흔들리고 있었다.

그런 장면들을 여러 번 겪고 나서야 내 시선도 조금씩 달라졌다. 갈등이 생기면, 누가 더 크게 말하는지보다 그 말이 향하고 있는 '방향'이 먼저 눈에 들어왔다. 누구의 말이 맞는지를 따지기보다, 어느 지점에서 균형이 무너지고 있는지를 보는 쪽으로 시선이 옮겨갔다.

그 균형을 세우지 못하면 공사는 늘 같은 자리에서 다시 흔들렸고, 반대로 한 번 제대로 맞춰 세워지면 오랫동안 조용하게 돌아갔다. 사람들의 표정도, 말투도 그제야 조금씩 누그러졌다. 현장의 싸움은 결국 누군가를 꺾어 이기는 힘이라기보다, 흐트러진 축을 다시 제자리로 돌려놓는 힘에 가까웠다.

불편하고 피하고 싶은 순간이었지만, 그 시간을 지나야만 사람과 사람 사이의 거리도 서서히 제자리를 찾아갔다.

신뢰에
대하여

닿을 수 없는 나라

해외 프로젝트를 몇 번 해본 적은 있었지만, 투르크메니스탄만큼 현실감이 없는 공사는 처음이었다. 도면은 이미 책상 위에 놓여 있었고, 예산도 정리되어 있었고, 공정표 역시 날짜별로 깔끔하게 정리돼 있었다. 그런데 단 하나, 가장 중요한 것이 빠져 있었다.

그 내용은 발주처와의 첫 회의에서 알 수 있었다.

"저희 쪽에서 이미 현지 파견도 다녀오기도 했고, 네트워크를 이미 파악해 두었습니다. 그런데 투르크메니스탄은 지금 입국이 안 되네요."

"네?" 나는 그 말밖에 할 수 없었다.

뭔가를 들어야 그에 대한 질문을 하는데, 예상 질문 리스트도 가져왔는데, 입국을 할 수 없다는 것이었다. 난 그 어떤 질문도 할 수 없었다.

‘그럼 공사는 어떻게 하라는 거지?’

“먼저 파키스탄 현장 먼저 시작해 주세요. 투르크메니스탄 현장은 계속 접촉해 보겠습니다.”

공사는 해야 하는데, 사람은 갈 수 없다니. 머리로는 이해하려 해도, 감각적으로는 좀처럼 받아들여지지 않았다. 발주처 역시 도면 위를 짚던 손가락이 자주 멈췄다. 그 침묵이 현재의 모든 상황을 파악할 수 있었다.

한국은 이제 개발도상국을 지원하는 위치에 서 있다. 그 일환으로 당시 파키스탄과 투르크메니스탄에 교육 시설을 지원하는 국제 협력 프로젝트가 진행되고 있었다.

파키스탄의 현장은 비교적 순조로웠다. 한국에서 많은 경험을 가진 이사님이 현장을 직접 챙겨주셨고, 문제가 생기면 바로 현지에서 해결이 가능했다. 보고서와 사진, 현장 통화가 하루 단위로 이어졌다.

하지만 투르크메니스탄은 달랐다. 처음부터 모든 문이 닫혀 있었다. 회사에서는 할 수 있는 것이 없었고, 발주처에서

발 벗고 나서서 상대 국가의 외교부, 관련 부처까지 할 수 있
는 모든 루트를 동원했다. 하지만 돌아오는 답은 한 문장이
었다.

"현재로서는 외국인 입국 불가입니다."

그 문장은 하루 이틀이 아니라 한 달 내내 바뀌지 않았다.
그사이 우리는 화상 회의만 반복했다. 화면 속 얼굴들은 늘
같은 위치에 있었고, 회의가 끝나면 모니터만 꺼질 뿐 아무
것도 앞으로 나아가지 않았다.

달력은 빠르게 넘어갔다. 회의실 벽에 붙어 있던 공정표는
날짜가 지나갈수록 더 또렷해졌다. 이미 지나버린 날짜들이
형광펜 아래에서 조용히 쌓여갔다. 책상 위 도면은 그대로였
지만 마음은 어딘가 조금씩 닳아가는 기분이었다. 투르크메
니스탄 교육부 장관이 이 프로젝트를 매우 중요하게 생각하
고 있다는 소식도 들려왔다. 국가 차원의 행사처럼 다뤄지고
있다는 말도 있었다. 그런데도 현장에 발을 들이는 것 자체
는 끝내 허락되지 않았다.

지도에는 분명히 존재하지만, 우리에게는 닿지 않는 땅.
그것이 현실이었다. 그때 들려온 이야기가 하나 있었다.

한국에 아주 소수지만 투르크메니스탄 출신 거주민이 있다는 이야기였다. 한국과 교역이 활발한 나라가 아니다 보니 해외 이주 자체가 거의 없다는 점을 생각하면 그 말은 이상할 정도로 희미한 가능성이었다. 하지만 다른 선택지는 없었다. 수소문 끝에 우리는 마침내 한 사람을 찾았다. 한국 문화가 좋아 한국에 들어왔다는 젊은 여성.

처음 그 이야기를 들었을 때 나는 또 다른 장면이 떠올랐다. 사우디 사막 한가운데서 '강남스타일'이 울려 퍼지면 외국인 근로자들도 따라 하던 모습. 황량한 풍경 속에서 전혀 어울리지 않을 것 같은 음악이 사람들의 양손을 앞으로 겹치며 춤을 추는 모습.

문화라는 것이 언제, 어디서, 어떤 방식으로 누군가의 마음을 두드릴지 알 수 없다는 생각이 들었다. 그리고 지금, 그 문화가 우리와 투르크메니스탄을 잇는 유일한 가교가 되고 있었다. 그녀는 현지 건설회사를 찾아 소개해 주었다. 메일로 받은 회사 소개서와 도면, 견적서. 전화 너머로 들리는 통역된 목소리. 그 순간, 모두가 같은 질문 앞에 멈춰 섰다.

"본 적도 없는 업체를 믿을 수 있을까?"

우리는 그 회사를 본 적도, 그 사람들을 만난 적도 없었다.

현장 검증도, 기술 확인도 불가능했다. 의지할 수 있는 것은 도면, 숫자, 그리고 통역을 맡아준 그 젊은 여성뿐이었다. 회의는 길어졌고, 결론은 쉽게 나지 않았다. 누군가는 조심스러운 반대를 했고, 누군가는 더 기다려 보자고 했다.

하지만 날짜는 기다려 주지 않았다. 결국 선택의 순간은 회의실이 아닌, 회의가 끝난 뒤의 침묵 속에서 찾아왔다. 준공 날짜는 점점 다가왔고, 투르크메니스탄 정부도 결국 결단을 내렸다.

현지 교육부 장관과 한국 대사관 직원이 함께 화상 통화에 들어와 이렇게 말했다.

"현지에서 연락이 되었다는 업체를 먼저 보내십시오. 저희가 직접 만나 확인하겠습니다."

화상 회의 중 한국 대사관 직원이 양해를 구하고 한국말을 짧게 했다.

"현장 다녀온 후에 대사관으로도 보내주세요. 혹시 모르니까 저희도 같이 체크를 할게요."

그 말은 막혀 있던 터널을 지나 들어온 강력한 빛줄기 같았다. 투르크메니스탄 현지 장관이 미팅을 해주고, 한국 대사관에서 리스크가 없는지 다시 점검해 준다는 것이었다. 하지만 문제는 여기서 끝이 아니었다.

투르크메니스탄은 금융 시스템은 한국과 직접적으로 연결이 안 되는 나라였다. 즉, 현지 업체에 공사비를 직접 송금할 방법이 없었다. 결국 우리는 한국 대사관 계좌로 송금하면 대사관이 현지 업체에 전달하는 우회 구조를 만들 수밖에 없었다. 그 과정은 말 그대로 사람의 손으로 하나하나 만들어야 했다. 서류를 검토하고, 송금 절차를 새로 만들고, 업체를 직접 만나 검증하고, 때로는 현지 관료와 설명을 주고받는 일까지.

대사관 직원분들은 출근과 퇴근의 경계 없이 움직였을 것이다. 그리고 그보다 더 앞에서 움직인 사람이 있었다. 외국에 파견 나가 어떻게든 루트를 찾고 업체를 찾은 이사님. 그분이 없었다면 이 공사는 애초에 시작조차 하지 못했을 것이다. 투르크메니스탄 출신 여성도 그분이 직접 찾아 연결해 주었고, 파키스탄 현장까지 함께 챙겨주었으며, 모든 문제를 가장 앞에서 맞으며 해결해 주었다. 크리스마스에도 타국에서 혼자 일을 이어가던 분이었다. 현장 확인은 한국에 있던 그 젊은 여성이 맡아주었다. 사진을 보내고, 영상을 찍어 보내고, 때로는 업체와의 오해를 풀어주는 연결자 역할까지 해주었다. 모든 것은 화면 속에서만 오갔다.

그렇게 시간이 지나 준공 예정일이 되었다. 솔직히 말하면 그날 아침까지도 나는 반신반의하고 있었다. 그리고 준공 검사 역시 화상 회의로 이루어졌다. 공사 전 과 준공 후 사진을 메일로 보내와서 먼저 검토를 했고, 현지에서는 카메라를 돌려가며 위치를 보여주었다.

"공사가 이렇게 완료되었습니다." 실 내부 하나씩 모두 들어가면서 변화된 모습은 마치 TV를 보고 있는 것 같았다.

"수고하셨습니다. 준공 확인되었습니다."

현지와 발주처에서 준공 승인을 해주자 나는 한동안 말을 잇지 못했다. 보지도 못한 현장에서, 만나지도 않은 사람들과 오직 신뢰 하나로만 완성된 프로젝트.

그제야 실감이 났다.

이 공사는 도면과 예산으로 지은 건물이 아니라, 사람과 사람 사이의 보이지 않는 믿음이 쌓여 완성된 결과였다는 것을. 지도에는 있지만 닿을 수 없는 나라. 닿을 수 없었기에 사람만이 유일한 다리가 되었던 공사. 그 다리는 누군가는 이름도 남기지 않고, 누군가는 한국 문화를 좋아해 이곳까지 오게 되면서 시작된 것이다.

화면 속으로만 보던 직원들, 한국에서 연결해 준 젊은 여성, 모든 가교 역할을 해준 이사님, 밤낮없이 움직여 준 대사관 직원들.

그리고 K컬처와 '한국'이라는 이름에 쌓여 있던 신뢰.

이 모든 것은 우리가 알지 못하는 구석구석에서 묵묵히 자기 일을 완성해 낸 사람들이 모여 쌓아 올린 것이었다.

닫힌 문 안에서

투르크메니스탄처럼 제약이 많은 공사를 또 한 번 경험한 적이 있다. 그곳은 바로 교도소 내부 공사였다.

투르크메니스탄이 '멀어서' 닿을 수 없는 나라였다면, 교도소는 '가까운데도' 닿기 어려운 곳이었다. 지도에서 지워진 나라처럼, 문 하나만 닫히면 세상이 갈라졌다. 입구에 다가서는 순간부터 분위기가 달랐다. 차가운 철문 앞에서 우리는 줄을 맞춰 섰고, 교도관의 시선이 사람 수를 한번 훑었다.

"휴대폰은 다 꺼내서 보관함에 넣으세요."

"신분증 확인합니다. 확인된 신분증도 같이 보관함에 넣으세요. 오늘 인원 변동 없죠?”

나는 명단을 두 손으로 내밀었다. 교도관은 명단을 보고, 얼굴을 보고, 다시 명단을 봤다. 이미 동행하는 교도관이 먼저 모든 검토를 했는데도 불구하고, 교도소 내부로 들어갈 때 같은 절차가 반복되었다.

“퇴근은 4시 30분입니다. 4시 20분엔 이동 시작하셔야 돼요.” 그 말을 들을 때마다 느낌이 묘했다. 현장에서는 보통 “몇 시까지 끝낼 수 있냐.”가 질문인데, 여기서는 “몇 시에 나가야 한다.”가 먼저 정해져 있었다. 안으로 들어가는 문은 하나가 아니었다. 문이 열리고, 문이 닫히고, 또 문이 열렸다.

철문이 닫힐 때마다 들리는 소리.
‘철컥.’
소리가 무섭다기보다, 그 소리 뒤에 따라오는 ‘닫힘’이 확실했다. 한 번 닫히면, 밖이랑은 완전히 분리된다. 그렇게 교도소 안으로 들어가면 그곳에서는 수동 열쇠로 문을 한 번 더 열고 들어간다. 일하러 들어가는 것부터 여간 불편한 게 아니다.

작업에 들어가면 공기는 더 조용해졌다. 현장은 보통 소음이 기본인데, 여기서는 소음을 내는 것 자체가 눈에 띄었다. 드릴을 대면 벽이 울렸고, 그 울림이 복도 끝까지 번졌다. 화장실도 마음대로 갈 수 없었다.

"화장실 좀….." 하고 말을 꺼내면, 교도관이 짧게 대답했다.

"동행합니다." 그리고 정말 화장실까지 함께 간다.

그 순간, 공사를 하러 들어온 사람이 아니라 어딘가 '허락받고 움직이는 사람'이 된 기분이 들었다. 이런 조건이다 보니 지역 업체들은 대부분 이 공사를 회피했다. 단가가 맞지 않는 것도 문제였지만, 실제 이유는 따로 있었다. 일을 한다기보다 하루가 수용되는 듯한 감각. 그 답답함을 감당할 사람이 많지 않았다. 그래도 공사는 해야 했다. 결국 우리는 다른 지역 업체와 작업자들을 불러 공사를 시작했다. 하지만 도면만 보고 견적을 낸 업체들은 현장을 마주한 뒤 하나둘씩 빠져나갔다. 도면에는 '출입'이라는 항목이 없다. 공정표에는 '철문 통과 20분'이란 줄도 없다. 현실은 그 공백에서부터 무너졌다. 출입 한 번 하는 데만 20분은 족히 걸렸다. 아침에 들어오는 데 20분, 점심 먹고 다시 들어오는 데 1시간. 점심을 먹으러 나올 때는 출소의 느낌으로 다가오지만, 점심 먹고 다시 들어갈 때면, 자연스럽게 한숨이 먼저 나왔다.

"밖으로 나오면 진짜 공기부터가 다르다."

"난 죄짓고는 못 살겠다. 착하게 살아야겠어~"

현장을 오고 가는 작업자들은 거짓말같이 똑같은 말을 한 번씩 한다. 그리고 오후 4시 20분이면 교도관이 시간표를 들고 와 말한다.

"이제 정리하세요. 이동 준비하세요."

작업은 무조건 중단이었다. 그게 일이 덜 끝났든, 막 달아올랐든 상관없다. 정리도 그냥 정리가 아니었다. 공구 하나라도 남기면 다음 날 반입부터 다시 절차가 꼬인다. 자재 위치가 조금만 바뀌어도 '반입 승인 품목'이랑 맞지 않으면 문제가 된다.

"내일 작업이 그대로인데 이거 여기에 두고 가도 됩니까?"

"안 됩니다. 반출하셔야 해요."

"그럼 내일 다시 들고 들어와야 하는데요."

"규정상 어쩔 수 없습니다."

말이 짧고, 기준이 단단했다. 그 단단함은 현장의 유연함이 아니라 '시설의 규칙'에서 나온다. 가장 큰 문제는 휴대폰 반입이 금지된 점이었다. 대부분의 업체들이 현장을 병행한다. 전화가 와야 다음 현장 일정도 잡고, 자재도 주문하고, 작업자도 붙잡아 둔다. 그런데 여기서는 하루 종일 끊긴다.

"소장님, 전화도 못 받고, 이거 우리 못 해요."

"다른 현장도 있는데, 하루 통째로 묶이잖아요."

토털 케어가 불가능한 환경. 작업자들은 이 공사 하나에 온종일 묶여야 했다. 도면으로 예상한 작업 난이도와 실제 현장은 완전히 다른 세계였다. 그래서 대부분의 업체들이 이렇게 말하며 떠났다.

"이 공사는 더는 못 하겠습니다."

"죄송한데요, 여기서 일하면 다른 현장 다 잃습니다."

말은 공손했지만, 표정은 단호했다. 사람이 빠지면 공정은 바로 무너졌다. 하루 이틀이 아니라, '팀이 유지되지 않는다'는 게 문제였다. 들어왔다가 나가는 업체가 반복될수록 현장은 더 거칠어졌다.

"이번 팀은 몇 명이죠?"

"일단 네 명입니다."

"내일도 올 수 있답니까?"

"일단은 내일 봐야 합니다."

'내일 봐야 한다'는 말이 나올 때, 이미 절반은 떠난 거나 마찬가지였다.

그런데 그 혼란 속에서도, 딱 한 사람. 끝까지 자리를 지킨 작업반장이 있었다. 어느 날 퇴근 무렵, 내가 먼저 말을 건넸다.

"반장님 작업은 마무리되어 가네요."

"네. 며칠 더하면 끝납니다."

"예정된 다음 현장 있으세요?"

"아니요, 아직 없어요. 전화도 못 들고 들어가니 다음 현장을 잡을 수도 없었죠."

이 현장에 들어온 모든 작업자들의 어려움인 만큼 반장님 역시 다를 바 없었다.

"저… 어려운 부탁일 수도 있는데 들어주실 수 있으세요? 이 현장 마무리까지 계속 봐주셨으면 좋겠는데요."

반장님은 조금 고민하더니 예상외로 바로 대답을 하셨다.

"제가 시작했으니 마무리도 제가 짓겠습니다."

사실 선뜻 마무리 짓겠다는 대답을 들을 줄은 몰랐다.

"여기저기 보이는 게 있는데, 제 것만 다했다고 가면 저도 마음이 불편합니다."

그는 정말 약속을 지켰다. 자기 공정만 끝내고 빠지는 게 아니라, 다른 업체들이 모두 빠져나간 뒤에도 끝까지 현장을 지켜주었다. 작업 중 작은 문제가 생기면 그게 자기 일이든 아니든 상관없이 몸을 움직였다.

여기서는 공정이 아니라 사람이 먼저 망가진다.

하루 종일 갇힌 채 일하고, 전화 한 통 받지 못한 채 시간을 쪼개며 움직이고, 화장실조차 마음대로 갈 수 없는 곳이었다. 다른 현장에 비해 갑작스러운 빈자리가 유독 많이 생겼다. 그 빈자리를, 그 반장님이 하나씩 묵묵히 메워주고 있었다.

교도소 공사는 많은 업체가 들어왔다 나갔지만, 끝까지 현장을 지킨 건 결국 그 한 사람의 묵직한 뒷모습이었다.

누군가는 매일같이 불만을 토로했지만, 그 반장님의 하루는 늘 같았다. 퇴근할 때마다 그는 항상 맨 마지막에 나왔다. 공구 반출을 다시 확인하고, 바닥에 남은 못 하나까지 주워 담은 뒤, 문 앞에서 교도관에게 짧게 인사를 건넸다.

"수고하십니다."

"내일 뵙겠습니다."

말보다 무거운 증명

신뢰는 환경을 가리지 않는다. 국경이 닫힌 나라든, 문이 잠긴 공간이든, 누군가는 말없이 자기 자리를 지키고, 그 묵묵함이 난관을 뚫는 힘이 된다.

"신뢰는 하루아침에 쌓이지 않는다." 흔히들 이렇게 말한다. 틀린 말은 아니다. 하지만 나는 현장에서 또 다른 모습을 봤다.

신뢰는 하루아침에 '보일' 수도 있다는 것. 갑자기 생겨나는 것이 아니라, 어떤 사람이 수십 년 동안 쌓아온 땀과 정직, 말보다 행동을 먼저 내세웠던 하루하루가 어느 순간 빛처럼 드러나는 장면이 있다는 것이다.

해외 프로젝트에서 연말이고 주말이고 없이 나를 도와주신 이사님, 대사관이라는 타지의 관청에서 서류 더미를 넘기며 밤낮없이 움직여 주던 직원들, 교도소 공사에서 철문 잠기는 소리 속에서도 끝까지 현장을 떠나지 않았던 반장님.

나는 그분들을 오래 알지 못했다.

그러나 짧게 스친 시간만으로도 알 수 있었다. 태도에는 오래 버텨 온 사람 특유의 무게가 있었고, 책임감은 어떤 설명 없이도 그 사람의 뒷모습에서 조용히 드러났다.

그들은 "믿어달라."고 말하지 않았다. 자신을 드러내려 하지도 않았다. 조용한 행동, 차분한 선택, 자기 몫을 끝까지 지키는 방식으로 "나는 이런 사람입니다."라는 말을 대신했다. 말보다 무거운 증명 방식이었다.

돌아보면, 그런 사람들과 같은 시간을 통과할 수 있었다는 사실만으로도 내게는 충분한 행운이었다.

실수와
인정 사이

리조트 1층 전체 리모델링 공사일 때 일이다. 입구에서부터 벽체, 바닥, 천장, 화장실까지 모든 공간을 새 단장 하는 작업이었다. 리조트 현장은 계절에 맞춰 움직인다. 동절기 연말·연초 성수기가 끝나면 바로 하절기 대목이 시작되기 때문에, 그 짧은 틈 사이에 공사를 끝내야 했다. 공사 기간은 칼날 같았고, 일정은 단 하루도 미룰 수 없었다. 그래서 우리는 야간작업까지 이어가며 돌관공사를 진행했다.

그날은 화장실에 들어갈 인조대리석을 발주하는 날이었다. 며칠 전, 프런트 데스크에 들어갈 인조대리석은 이미 발주한 상태였고, 이번에는 화장실 세면대 상판을 주문해야 했다. 공정은 빠르게 흘러갔고, 나는 무전기와 전화기를 번갈아 쥐고 뛰어다니며 작업을 조율하고 있었다. 정신없이 움직이던 와중에 인조대리석 업체 사장님에게 전화를 걸었다.

"사장님, 기존 거랑 같은 자재로 발주해 주세요. 세면대 타공 사이즈는 메일로 다시 올려드릴게요."

나는 내 할 말만 하고 끊었다. 서로 바빴고, 나는 그 한 문장이 모든 걸 충분히 설명했다고 생각했다. 며칠 후, 자재가 현장에 도착했다. 큰 트럭에서 인조대리석 상판들이 조심스레 내려오는 모습을 보는데, 순간 내 심장이 철렁 내려앉았다.

색이 달랐다. 그것도, 전혀.

도착한 자재는 화장실 기존 자재 색상이 아니라, 며칠 전에 발주했던 프런트 데스크 자재와 동일한 색상이었다. 프런트는 어두운 톤의 고급스러운 블랙 계열이었고, 화장실은 물때가 덜 보여야 하기 때문에 밝은 계열의 색상이었다.

나는 바로 업체에 전화했다.

"사장님, 발주한 자재가 잘못 들어왔어요. 이건 프런트 자재 아닌가요?"

사장님은 순간 당황한 듯했지만, 이내 차분하게 말했다.

"아… 소장님이 '기존이랑 같은 자재'라고 하셔서요. 저희는 며칠 전에 발주하신 그 자재로 이해했습니다. 발주 확인서에도 제품 번호 적어드렸는데….”

그 말을 듣는 순간, 머릿속이 하얘졌다.

확인서.

내가… 놓친 거였다.

이 문제는 단순 색상 오류가 아니었다. 리조트 공사 자재
는 비싸다. 한 장당 가격도 높고, 규격도 크며, 가공비 역시
만만치 않다. 그런 고가 자재를 남녀 화장실 전체 수량으로
잘못 주문한 것이다. 순간 뒷덜미가 당기는 듯했다. 사람이
실수할 수 있다고는 하지만, 이 실수는 너무 컸다. 공정 지
연, 자재 재발주, 가공 납기, 일정 리스크까지. 공기는 이미
빠듯한데 하루만 밀려도 연쇄적으로 모든 공정이 꼬일 상황
이었다.

그 순간, 솔직히 ‘혹시 그냥 넘어갈 수 있지 않을까?’ 하는
마음이 스쳤다. 공사 비용도 문제지만 공사 기간을 얘기하면
대화가 될 거라 생각했다.

하루라도 일정이 밀리면 전체 공정이 흔들리고, 리조트 측
일정에도 문제가 생기기 때문이었다. 그래서 나는 조심스레
발주처에 말했다.

"혹시… 그냥 이 색으로 가는 건 어떨까요? 프런트 자재와 통일감도 있고….″

그런데 발주처 담당자는 표정부터 굳었다.

"안 됩니다. 화장실에 이런 어두운색 쓰면 물 자국 다 보여요. 청소해도 지저분해 보이고, 사용감도 확 떨어져요. 원래 사용 불가능한 색상이에요."

그제야 나는 리조트라는 공간의 특성을 제대로 이해하지 못했다는 걸 깨달았다.

사용하는 사람의 동선을 생각하면, 습도·습기·물때·건식·습식 모든 조건이 고려돼야 한다는 걸 나는 잠시 잊고 핑계만 찾고 있었다.

담당자는 덧붙였다.

"그리고, 소장님이 실수하셨잖아요. 그런데 이대로 가자고 하시는 건 말이 안 되죠."

나는 그 자리에서 깊게 숨을 들이쉬었다. 그리고 스스로에게 말했다.

'변명하지 말자. 이건 내 실수다.'

현장에서는 실수를 인정하기가 쉽지 않다. 누군가의 한마디가 곧 일정이고, 일정이 곧 돈이고, 돈이 곧 신뢰이기 때문이다. 나는 즉시 감리단과 리조트 측에 상황을 공유하고 수정 일정을 다시 맞췄다. 업체에도 재발주를 요청했고, 공정 조정표를 새로 만들었다. 야간작업을 늘리고, 다른 공종과 동선을 재정비해 최악의 지연을 막았다.

며칠 뒤, 수정된 자재가 다시 현장에 들어왔다. 그때 자재 납품 사장님이 조용히 말했다.

"소장님, 사실 이런 경우에 서로 오발주라고 우기는 경우도 많은데, 그래도 인정하시고 바로 제작 들어가서 겨우 일정 맞췄어요."

나는 머쓱하게 웃으며 고개를 숙였다.

"우겨봤는데 욕만 먹었습니다. 제가 잘못한 게 맞죠."

현장은 완벽한 사람이 만드는 공간이 아니다. 완벽하려고 애쓰는 사람들이 만드는 공간이다.

실수는 누구나 한다. 하지만 그 실수를 어떻게 받아들이고, 어떻게 해결하느냐는 '사람의 품'에서 갈린다. 그날의 상판은 결국 제때 시공되었다. 시간과 돈이 더 들었지만, 그 과정은 나에게 분명한 흔적을 남겼다. 실수의 무게는, 숨길 때는 짐이 되고, 인정할 때는 앞으로 나아가게 한다.

마침표를 찍는 법

띠리리리—

밤 11시가 조금 넘은 시각, 전화벨이 울렸다. 받아보니 얼마 전 공사를 마친 군부대였다. 중대장실에 물난리가 났다는 것이다. 급수는 이미 차단해 둔 상태였고, 소대원들이 양동이로 물을 퍼내고 있다고 했다. 곧이어 휴대폰으로 사진이 여러 장 도착했다. 바닥에 고인 물, 젖은 문턱, 밖으로 빼낸 책상과 의자 그리고 서류들. 실제로 보지 않아도 상황이 어느 정도 그려졌다.

다음 날 아침, 바로 부대로 들어가서 죄송하다고 인사를 드렸다. 현장은 무조건 '발생한 문제'가 기준이지, '누가 잘못했는지'는 그다음이기 때문이다. 이내 그 구간을 시공한 설비 작업자가 도착하여 확인하더니, "내 작업 구간이 아니다."라고 단호하게 말했다. 배관이 지나가는 위치와 시공 도면을 보면 누수 위치가 자기 작업이 아니라는 것이다.

하지만 군부대는 반대로 말했다.

"이런 일은 단 한 번도 없었습니다. 공사 이후 생긴 문제니까, 업체 쪽 문제 아닙니까?"

사실 이런 상황이 가장 난감하다.

명확하게 내가 잘못한 부분이 보이면 해결하고 책임지면 되는데, 이번 상황은 나도 판단이 어려웠다. 도면대로라면 작업자가 말이 맞는 것 같기도 하고, 반면 '공사 직후 물난리'라는 결과만 보면 우리가 책임져야 맞는 것 같기도 했다. 그래서 나는 부대 측에 솔직히 말했다.

"일단 모든 정비는 저희가 보겠습니다. 다만 말씀하신 그 구간은 저희 시공 범위가 아니었습니다." 부대 측에서는 알겠다고 하며 다행히 전날 누수에 대해서는 더 이상 책임을 묻지 않았다.

하지만 문제는 그 뒤였다. 며칠 후 같은 구간에서 또 물이 샜다. 이번에는 작업자가 짜증을 냈다.

"제가 거기 공사한 것도 아니고 왜 저보고 책임지라고 해요? 출장 나오면 출장비라도 받아야지, 전에도 무료로 해줬는데 또 가봐서 내 작업 구간이 아니면 하루 날리는 거예요."

나는 그 얘기를 들으면서도 한 가지 생각이 들었다.

'맞는 말이긴 한데, 그래도 일단 가봐야 하지 않을까.'

그래서 말했다.

"일단 가서 보자고요. 현장에서 확인해야 답이 나옵니다."

그런데 두 번째 누수까지 발생하자, 군부대에서도 불안해진 모양이었다.

"이제는 다른 업체도 불러서 같이 봅시다." 타 업체가 함께 현장을 확인하기로 했다.

타 업체 기술자는 현장을 살피더니 곧장 말했다.

"여기, 시공이 잘못되었네요. 이건 이 소장님 쪽에서 처리하셔야 할 것 같습니다."

나는 당황했고, 담당 작업자는 여전히 인정하지 않았다.

"내가 어디 작업했는지도 모르면서 왜 우리 탓이라는 거예요? 게다가 제가 출장 나오면 원래 비용이라도 받아야 하고… 전에도 그냥 무료로 와서 해줬는데 매번 이런 식이면 곤란합니다."

그 말도 이해는 된다. 현장에서 자기 작업 범위가 아닌 일을 계속 떠안게 되면 억울한 건 당연하다. 하지만 나는 그때 이렇게 생각했다.

'누가 잘못했든, 누가 시공했든 결과적으로 공사한 이후 누수가 발생했다면 책임의 1순위는 결국 우리 쪽이다.'

하자라는 건 그렇다. 때로는 정확한 원인을 찾지 못하는 경우도 있다. 기존 배관의 노후인지, 우리가 건드린 부분의 충격인지, 자재의 미세한 균열인지, 혹은 도면과 실제 배관의 오차인지. 그 어떤 것도 확정할 수 없을 때가 많다.

그래서 나는 상식적으로 접근하기로 했다.

'그전에 아무 문제 없었는데, 우리가 시공한 이후 물이 샌다면 책임은 우리 쪽에 더 가깝다.'

결국 부대에서 원하는 대로 타 업체가 하자 보수를 진행하는 것으로 마무리했다. 추가 비용은 물론 우리가 부담했다. 그 과정에서 여러 감정이 오갔다.

불만, 억울함, 짜증, 피곤함, 책임감.

그러나 문득 이런 생각이 났다.

현장에서 작업하는 누구나 이런 감정을 항상 가지고 있겠구나. 현장에는 정답이 없을 때가 있다. 하지만 '문제가 생겼다'는 사실 앞에서는 누군가는 책임을 져야 한다.

현장에서 일하다 보면, 실수는 누구에게나 찾아온다.

때로는 작은 단어 하나로 큰 문제가 생기고, 때로는 누구의 잘못인지조차 분명하지 않은 상황이 온다. 도면을 잘못 봐서 시공하는 경우도 있고, 자재를 엉뚱하게 발주하는 경우도 있다. 하지만 실수의 크기보다 더 무거운 건 그 실수를 대하는 사람의 태도다.

실수를 숨기려 하면 마음이 더 무겁고, 핑계를 찾기 시작하면 해결은 더 멀어진다. 반대로 인정하고 받아들이는 순간, 문제는 비로소 방향을 잡고 움직이기 시작한다.

현장은 늘 예측할 수 없다. 완벽한 사람이 만드는 공간이 아니라, 불완전한 사람들이 완벽에 조금이라도 가까워지려고 애쓰는 공간이다.

그날도 실수는 분명히 있었다. 다만 그것을 숨기지 않았고, 먼저 인정했다. 그러자 피해를 본 군부대에서도 화를 낼 법도 했지만 말을 아끼고 상황을 받아들여 주었다.

현장은 그렇게, 사람의 태도에 따라 공기의 결이 달라지는 곳이었다.

시마이

하루 종일 쓰고 있던 안전모를 벗어 놓고

숙소 쪽으로 걸음을 옮겼다.

몸에서는 아직도 먼지와 땀 냄새가 섞여 있다.

숙소 앞 조그마한 식당 문 앞에서

작업복을 또 한 번 털어낸다.

어제처럼, 엊그제처럼 국밥에 소주를 시킨다.

같이 일한 사람들과 별 의미 없는 이야기들을 꺼내며

술잔을 부딪친다.

웃기도 하고, 욕도 하지만

오늘 하루 무사히 돌아왔다는 걸 서로 확인하는 시간이다.

소주를 한 잔 넘기면 속이 먼저 뜨거워진다.

속이 뜨거워지면 나도 모르게 쥐고 있던 긴장이 풀어진다.

이 한 잔은 기분을 좋게 하려는 것도,

누군가의 위로도, 공감도 아니다.

그냥 오늘 하루가 끝났다는 것을 나에게 알려주는 일이다.

몸이 나른해지면 쑤신 곳도, 아픈 곳도, 힘든 것도

자연스레 잠이 든다.

이번 주말에는 집에 갈 수 있을까.

* 시마이│현장에서 일을 마칠 때 쓰는 말

4부

결국,
사람

함께하는
사람들

프로의 자격

현장에서 일하다 보면 여러 분위기의 작업 팀을 만난다. 보통 팀의 리더가 전체의 얼굴을 대변한다. 어떤 팀은 늘 얼굴이 피로에 물들어 있고, 어떤 팀은 "이게 먼저 되어 있어야 해요."처럼 요구 사항이 많고, 또 어떤 팀 "이건 이래서 안 돼요."와 같이 부정적인 팀도 있다.

그 사이에서 가끔, 분위기 자체가 다른 팀을 만난다. 함께 일을 하면서 '에너지를 받는다'는 표현이 가장 잘 어울리는 팀이 있었다.

나는 그들을 속으로 '프로'라고 부른다. 프로라는 말이 단지 '일을 잘한다'는 뜻으로만 말하는 건 아니다. 다만 현장이 꼭 이렇게 무겁고, 거칠고, 날 선 공간일 필요는 없다는 걸

몸으로 보여주는 팀, 스스로 가치를 증명하는 팀이었기에 붙인 이름에 가깝다.

처음 그 팀을 봤을 때, 솔직히 말하면 반신반의했다. 팀의 전체가 30대 초반이 주축으로 가끔 보이는 20대의 앳된 얼굴들. 그리고 밝은 표정. 목수 팀장은 나와 도면을 보며 현장을 파악한 후, 몇 가지 질문을 했다.

"그럼 며칠까지는 우리만 있고, 다른 공정은 며칠 뒤에 들어오네요? 좀 시끄러워도 민원은 없어서 좋네요. 어디가 맛집이에요?"

일상의 현장의 첫 미팅과 다소 다른 질문들. 현장에서 '분위기 좋은 팀'은 종종 '느슨한 팀'과 같은 말로 쓰이곤 했다.

팀장은 작업자들을 모아두고 작업 지시를 한 후, "시작하자~"라는 말에 스피커의 음악 소리도 함께 키워졌다. 이 팀은 흔히 떠올리는 '막노동은 힘들다', '노가다는 거칠다'라는 이미지와는 전혀 달랐다. 무엇보다 이 일을 할 때 음악과 함께 흥얼거리고 따라서 노래 부르는 모습들은, 마치 즐거운 동아리 활동처럼 일하는 사람들 같았다. 팀장부터 에너지가 밝다 보니, 그의 주변에는 늘 사람이 모였다. 이 팀에 대한 평판이 좋다는 건 절대 우연이 아니다.

"저 팀이 하면 깔끔하고 문제가 없어."

"약속을 잘 지켜."

임금이 정확하고, 말이 통하며, 책임을 피하지 않는 팀. 그런 태도가 쌓여야만 가능한 평판이었다. 결국, 일이 끊이지 않는 것과 사람이 작업 팀이 많다는 것은 시공사와 작업자 둘 다의 신뢰가 좋다는 것을 의미한다.

이 팀은 출근하는 모습부터 여느 팀과 달랐다. 보통 작업자들은 1톤 트럭에 사람을 최대한 태워 현장에 들어온다. 트럭 문이 열리면 동시에 쏟아져 나오는 사람들, 그 자체가 하나의 풍경이다. 그런데 이 팀의 젊은 친구들은 가끔 벤츠나 BMW 같은 차로 나타났다. 물론 항상 그렇다는 건 아니다. 다만 개인 차량 이동이 가능한 현장에서는, 출근부터 이미 "이 팀은 뭔가 다르다"는 기운이 스쳐 지나간다.

현장에 들어서면 가장 먼저 말끔한 작업복으로 갈아입는다. 헐렁하거나 낡아 늘어진 옷이 아니라, 몸에 맞게 정리된 작업복.

"1팀은 먼저 옆방으로 가서 작업하고 있고, 2팀은 어제 작업한 거 먼저 마무리하고 옮기자.”

그리고 그다음에야, 공구보다 먼저 스피커 전원을 켠다. 음악이 흐른다. 공구 소리보다 클 정도로, 일부러 밝고 신나는 음악이다. 오늘도 역시 음악이 켜지는 순간, 현장 분위기가 즐거운 공간으로 바뀐다. 욕 소리, 투덜거림, 한숨 같은 것들이 음악 아래로 가라앉는다.

현장이 갑자기 가벼워지는 느낌. 사람들의 어깨가 조금 내려가고, 손놀림이 빨라진다.

점심시간도 남달랐다. 대부분의 작업자들은 가까운 곳에서 빨리 먹고 빨리 쉰다. 하지만 이 팀은 “멀리 왔으면 맛있는 거 먹어야죠.”라며 현장 근처에서 제일 괜찮다는 식당을 찾아간다. 점심시간이 단순히 배를 채우는 시간이 아니라, 하루의 리듬을 다시 맞추는 시간처럼 보였다.

이들의 기준은 단순했다. 일은 열심히, 먹는 건 제대로, 삶은 즐겁게.

점심시간이 끝나면 곧바로 일을 시작한다. 담배도 거의 피우지 않고, 쓸데없는 잡담도 많지 않다. 오후가 되면 대부분의 팀은 피로가 몰려와 흐트러지기 마련인데, 이 팀은 오히려 오후에 더 집중력이 올라간다. 마치 하루의 중반을 지나며 속도가 붙는 느낌이었다.

마무리 방식도 인상적이다. 다른 팀들은 마감 직전까지 버티다가 마지막에 정리를 시작하지만, 이 팀은 30분 전에 작업을 정리한다. 툭툭 털고 나가는 정리가 아니라, 청소·정리·마감까지가 하나의 공정처럼 정확하게 맞아떨어진다.

그 모습에서 나는 이 팀이 왜 실수가 적은지 알 것 같았다. 이런 밝은 에너지가 기본값처럼 깔려 있어서인지, 이 팀에게서 '노(No)'라는 말을 거의 들어 본 적이 없다. 현장에서 일정이 바뀌거나 갑자기 추가 사항이 생겨도 그들의 대답은 늘 비슷했다.

"네. 먼저 해놓을게요."

그 짧은 말 뒤에는 이 일에 대한 자부심, 스스로를 믿는 리듬, 그리고 서로에 대한 신뢰가 단단히 깔려 있었다. 이 팀과 함께하면 자주 듣는 말도 있다.

"오늘 회식할까?"

"내일 막내 생일이라며? 내일은 여자 친구랑 놀라고 하고, 오늘 다 같이 보자."

이런 분위기는 하루아침에 만들어지지 않는다.

함께 시간을 보내고, 함께 먹고, 함께 웃고, 때로는 가족보다 더 많은 시간을 공유했기에 현장에서도 그 결속력이 자연스럽게 드러난다.

회사원들 사이에서 흔히 하는 말이 있다.

"일이 힘들어서가 아니라, 사람이 힘들어서 그만둔다."

현장도 똑같다. 일의 양이 현장의 무게를 결정하는 게 아니라, 그 일을 함께하는 사람들의 기운이 그 무게를 만든다. 나는 이런 팀이 많아지길 바란다.

이들처럼, 일을 사랑하고 서로를 아끼며, 현장의 이미지를 스스로 바꿔가는 팀들이 많아지길. 그런 팀이 늘어난다면 '막노동'이라는 이름에 붙은 오래된 편견도 조금은 밝아지지 않을까!

붓 대신 롤러를

현장에는 관리자와 기술자, 노동자가 있다. 그리고 가끔, 단순히 일이 아니라 자기만의 세계를 들고 들어오는 사람도 있다.

그 젊은 형제 페인터가 그런 사람들이었다. 처음 만난 날, 작업 시간보다 조금 일찍 현장에 들어왔다. 차에서 닮은 듯 다른 듯 한 젊은 남자 두 명이 내려 현장 안으로 들어왔다. 나는 현장 위치를 안내해 드리고, 간단한 현장 내 규칙과 안전 사항을 전달했다. 두 명 모두 고개를 끄덕이더니, 벽을 보고, 바닥을 밟아보고, 빛이 들어오는 방향을 잠깐 확인했다. 누가 먼저랄 것도 없이 둘이 각자 다른 쪽으로 흩어졌다가, 다시 같은 지점에서 만났다.

"여기부터 갈까?" 형이 말했다.

"그래 여기부터 시작하고 자재는 저쪽에다 옮겨두자." 동생이 대답했다.

작업을 시작하기 전부터 말은 많지 않았다. 야구모자를 눌러쓰고, 카키색 점프슈트 지퍼를 끝까지 올렸다. 작업복에는 이미 여러 색의 페인트가 묻어 있었다. 하루이틀 입은 옷은 아니었다. 보양지와 페인트통, 롤러 등을 옮기기 전, 가방 하나를 가져오더니 헤드셋을 꺼내었다. 두 명 모두 헤드셋을 끼우더니 각자의 음악을 들으며. 작업을 시작했다. 롤러가 벽에 닿는 순간, 두 사람의 움직임이 동시에 바뀌었다. 한 사람은 보양 작업을, 다른 한 사람은 페인트를 따며 각자 말을 하지 않아도 무엇을 해야 하는지 정확하게 알고 있었다. 속도는 같았고, 방향은 달랐다.

"잠깐." 동생이 말했다. 형이 바로 롤러를 멈췄다.

"여기 라인 조금만 더." 동생이 손가락으로 벽을 짚었다.

"알았어." 설명은 없었다.

헤드셋 때문에 대화는 통하지 않았지만, 눈빛과 작은 행동만으로도 서로의 신호를 읽을 수 있었다. 형은 다시 롤러를 굴렸고, 동생은 아래쪽을 이어받았다. 몇 분 뒤, 벽은 자연스럽게 이어져 있었다. 도장 일을 하다 보면 옷에 페인트가 묻는 건 흔하다.

하지만 이 형제의 작업복은 지저분해 보이지 않았다. 페인트 자국이 겹겹이 쌓여 있었고, 색이 바뀐 흔적이 남아 있었다. 마치 일부러 남겨둔 기록처럼 보였다.

두 사람의 작업하는 모습은 마치 미술관에서 그림을 그리는 행위 예술 혹은 퍼포먼스에 가까웠다. 나는 그 흐름과 균열을 깰 수가 없었다. 그리고 점심시간이 되고서야 간단한 이야기를 나눴다.

"두 분 형제세요?"

내가 물었을 때, 동생이 고개를 끄덕였다.

"네."

"어쩐지… 서로 닮은 거 같더라고요. 일하시는 모습이 무슨 예술 하는 사람인지 알았어요."

나는 칭찬이라기보다는 내가 받은 느낌 그대로를 말했다.

"예술 했던 사람은 맞아요. 형이 미대 나왔거든요."

동생이 형을 자랑스러워하듯 얘기했다.

그러자 형이 대화를 이어갔다.

"대학 때 소개로 벽화 아르바이트했었거든요. 그 작업 며칠 만에 한 학기 등록금을 벌었어요. 한 번 하니까 여기저기 소개가 돼서 아예 사업자를 냈죠 뭐…."

"동생분은…?" 나는 동생은 어떻게 합류하게 되었는지도 궁금했다.

"일이 많아지다 보니 형이 라인 그리고 저는 안에 칠하라는 색만 칠했거든요. 근데 형이 소질 있다고 하더라고요." 동생도 그동안 자기도 몰랐던 숨은 능력을 찾았다고 했다.

"그때부터 계속 같이했어요."

점심시간이 끝나고 그들은 다시 롤러를 들었다.

오후 다른 작업 팀이 들어와 사람이 늘어도 그들은 헤드셋이 귀를 기울이며 자신들만의 리듬을 이어갔다. 다른 팀들의 전형적인 작업 현장 분위기와 다르게, 그들만의 무대를 만들어 나갔다. 오후 작업이 끝나갈 즈음, 형이 말했다.

"여기서 마무리하자." 동생은 말없이 롤러를 씻었다.

이분들은 내가 타지 현장에서 만난 분들이라, 아쉽게도 다른 현장에서 호흡을 이어갈 수는 없었다. 하지만 우연히 그들의 인스타그램 계정을 찾아봤을 때, '역시'라는 말이 먼저 나왔다. 그분의 매장은 일반 페인트 가게와 확연히 다르게, 할렘가 느낌의 그라피티 월이 그려져 있었다. 곡선과 색감, 질감의 깊이까지 살아 있는 작품이었다. 누가 봐도 "도장"이 아니라 "예술 작업"이었다. 그것을 보면서 자연스럽게 생각했다.

'나는 일을 너무 고지식하게 바라보고 있었구나.'

'이 사람들은 작업자가 아니라 자기 세계를 가진 창작자였구나.'

나는 작업을 할 때 늘 정확성과 깔끔함, 일정, 비용, 품질 기준만 생각했다. 그게 틀렸다는 뜻이 아니라, 나의 사고방식이 너무 한 쪽으로만 기울어져 있었다는 걸 깨달았다. 반면 이 형제는 현장을 하나의 무대로, 벽면을 하나의 캔버스로 바라보고 있었다. 누군가 의뢰한 일을 한다는 사실은 같아도, 그 결과물이 담는 감정의 결은 완전히 달랐다.

현장이라는 환경은 보통 '빠르게, 정확하게, 싸게'라는 세 단어로 정의되기 쉽다. 하지만 그 형제는 그 틈바구니에서 "내가 원하는 방식"이라는 네 번째 단어를 밀어 넣고 있었다. 그것은 쉽지 않은 일이다. 현장에서 자기 세계를 끝까지 지키며 일하는 사람은 흔치 않기 때문이다. 그들의 롤러는 단순한 도구가 아니었다. 붓을 대신해 쥔 롤러였고, 현장을 대신해 택한 캔버스였다. 그리고 그 위에서 자신들의 세계를 그려 나가고 있었다. 현장에는 기술자도 있고, 관리자도 있고, 생계를 위해 뛰어드는 사람도 많지만, 그 사이에는 이렇게 자기만의 미학을 품은 창작자도 존재한다.

그리고 그들의 존재는 현장을 조금 더 아름답고 조금 더 의미 있는 곳으로 만들어 주고 있었다.

소리가 사라지고

기초 철근을 깔아야 하는 날이었다.

아침부터 볕이 바닥에 달라붙듯 내려앉았고, 콘크리트 위에서 올라오는 열기까지 겹쳐 현장은 이른 시간부터 숨이 막혔다. 철근을 맨손으로 스치기라도 하면 화상을 입을 것 같은 날씨였다. 나는 작업팀장과 도면을 펼쳐 들고 오늘 작업

범위를 다시 확인했다.

철근 규격과 간격, 보강 위치, 안전 사항.

팀장은 고개를 끄덕이며 도면을 접더니 그대로 작업자들 쪽으로 향했다. 설명은 길지 않았다. 몇 번의 손짓, 도면 위를 짚는 손끝, 고개를 한 번 들어 전체를 훑는 시선. 그리고 설명이 끝나자, 그 팀은 아무 말도 없이 곧바로 움직였다.

누가 "시작합시다."라고 말하지도 않았다. 누가 먼저 들어가겠다고 나서지도 않았다. 각자는 이미 자기 자리로 향하고 있었고, 고개를 끄덕이는 것만으로도 순서가 맞아떨어졌다.

현장은 보통 소리로 시작된다. 공구와 자재가 부딪치는 소리, 대화를 통해 작업량을 체크하고 확인하는 소리, 가끔 들리는 농담과 짜증 섞인 한숨 소리.

그날은 달랐다.

철근이 바닥에 닿는 소리만 또렷했다.

"탕~탕~"

쇠끼리 부딪치는 소리만 크게 울려 퍼졌고, 사람 소리는 거의 들리지 않았다. 한참 동안 그 모습을 지켜봤다.

"틱틱틱틱~" 누군가 갈고리_{철근 묶는 수공구}로 철근을 일정하게 때린다. 그 미세한 소리, 누군가에게는 미세한 울림. 다른 작업자가 작업을 멈추고 고개를 들면, 갈고리로 철근을 쳤던 작업자는 손짓하고, 다시 서로 눈빛을 맞춘다. 그 시간은 길지 않았고, 손이 먼저 가고 몸이 뒤따랐다. 나는 그제야 이상하다는 생각이 들었다.

현장은 늘 말이 많은 공간인데, 이 팀은 지나치게 조용했다. 조용하다는 표현조차 맞지 않았다. 필요한 소리만 남기고, 나머지가 깔끔하게 비워진 느낌에 가까웠다.

날이 너무 더워 보여 근처 편의점에서 음료수를 사 왔다. 아이스커피를 손에 쥐고 가까이 다가가는데, 철근을 묶던 한 사람이 고개를 들었다.

"어어—"

작업하던 분이 고개를 들고 그렇게 말했다. 말보다는 소리에 가까웠다. 그제야 나는 알았다. 그분이 말을 하지 못한다는 걸.

근로자 쉼터에서 시원한 커피를 마시는 모습은 다른 작업자들의 모습과 다르지 않았다. 소리만 없을 뿐, 손으로 대화하며 웃고 있었다.

다음 날은 여섯 명이 현장에 들어왔고, 놀랍게도 모두 수

어로 대화하고 있었다. 현장의 소음 속에, 그들의 손짓은 어떤 시끄러운 소리를 비껴갔고, 더 또렷하게 보였다. 소리가 없는 대신, 움직임이 분명했다. 한참 지나고 새로운 사실을 알아냈다. 모두 수어로 말하는 사람들, 그중 절반은 말을 할 수 있는 사람들이었다는 점이다. 그런데도 그들은 굳이 말을 하지 않았다. 말할 수 있음에도 손으로 이야기했고, 웃을 때도 손이 먼저 움직였다.

수어가 그 팀의 '보조 수단'이 아니라, 그 팀의 기본 언어처럼 보였다. 말은 필요할 때 덧붙이는 설명 정도였다.

점심시간이 되자 그들은 하나의 테이블에 자연스럽게 모여 앉았다. 말소리는 거의 들리지 않았지만, 식탁은 조용하지 않았다. 손이 분주하게 오갔고, 표정이 움직였고, 웃음이 있었다. 누군가는 손짓으로 긴 이야기를 하고 있었고, 다른 누군가는 고개를 크게 끄덕이며 반응했다. 어떤 이는 말과 수어를 섞어 쓰고 있었다. 설명할 때는 손이 먼저 움직였고, 말은 그 뒤를 따라왔다. 그 순서가 이상하지 않았다. 오히려 그게 더 자연스러워 보였다. 그들의 관계는 조용했지만 느슨하지 않았다. 누가 먼저 나서고, 누가 뒤를 받쳐야 하는지 말하지 않아도 알았다. 작업 순서가 흐트러지지 않았고, 빈자리가 생기면 다른 손이 자연스럽게 채워졌다.

나는 그들이 어떻게 모였는지 알고 싶었지만 묻지 않았다. 어떤 사연이 있는지, 언제부터 함께였는지, 누가 누구의 가족인지. 그 모든 질문이 일과는 상관이 없기 때문이었다.

확실한 건 하나였다. 그들은 서로의 언어가 같든 다르든, 하루의 절반을 같은 공간에서 함께 살아가는 사람들이라는 것.

퇴근 시간이 되자, 현장에서 그렇게 하나처럼 움직이던 사람들은 문을 나서는 순간 자연스럽게 흩어졌다. 차를 함께 타지도 않았고, 오래 인사를 나누지도 않았다. 모두가 각자의 방향으로 조용히 걸어갔다. 현장에서는 함께였고, 현장 밖에서는 다시 각자의 삶으로 돌아가는 사람들. 말이 없어도 충분히 이어지는 관계, 설명하지 않아도 정확히 맞물리는 리듬.

그 팀이 그랬다.

나는 그들의 삶을 모른다. 이름도, 사연도, 어떻게 이 일을 선택했는지도 모른다. 하지만 그날 현장에서, 그들이 만들어 낸 조용함은 소음 속에서 가장 크게 들렸다.

같은 천장을 바라보며

현장에서 일을 하다 보면, 시간이 멈춘 듯 같은 얼굴을 계속 보게 되는 팀이 있다.

천장 텍스 팀.

10년이 넘도록 그대로였다. 자주 마주치는 팀은 아니다. 몇 달, 길게는 몇 년에 한 번씩 다른 현장에서 다시 만난다. 그런데 다시 만날 때마다 늘 같은 자리에 서 있었다. 같은 방식으로, 같은 속도로, 같은 순서로 일을 하고 있었다. 놀라운 건 팀 구성이 단 한 번도 바뀌지 않았다는 사실이다.

늘 네 명. 늘 같은 얼굴. 늘 같은 말투와 리듬.

현장에서 사람 넷이 10년 넘게 그대로 움직이는 팀은 매우 드물다. 현장은 워낙 변수가 많다. 일이 끝나면 흩어지고, 사정이 생기면 빠지고, 더 나은 조건을 찾아 떠나는 것도 흔하다. 어제 함께 일하던 사람이 오늘은 보이지 않는 일이 다반사다. 그런데 이 텍스 팀은 예외였다. 10년 전에도 네 분이었고, 지금도 여전히 네 분이 천장을 올리고 있었다. 누군가는 조금 더 말수가 줄었고, 누군가는 허리를 펼 때 잠깐 숨을 고르는 시간이 늘었을 뿐, 팀의 형태는 그대로였다. 성격도 변하지 않았다. 구수한 충청도 사투리, 일할 때는 무뚝뚝한 듯 보이지만 쉬는 시간에는 소리 없이 쿡쿡 웃는 표정까지. 달라진 건 그들과 나의 나이뿐이었다.

나는 그사이에 현장을 옮기고, 역할이 바뀌었지만, 그들은 같은 높이의 천장을, 같은 손놀림으로 계속 바라보고 있었다. 그 모습이 조금도 변함이 없었다.

예전 현장에서, 쉬는 시간에 내가 농담처럼 말을 건 적이 있다.

"네 분이 이렇게 계속 다니시면 거의 가족 아니세요?"

팀장은 잠시 천장을 올려다보다가, 웃으며 말했다.

"와이프랑 애들보다 더 오래 붙어 있어유."

하루 종일 같은 공간에서 땀을 흘리고, 같이 점심을 먹고, 야간작업이면 함께 외박까지 하는 사람들. 어쩌면 실제 가족보다 더 많은 시간을 같은 천장 아래에서 보내는 사이일지도 모른다. 형식적인 호칭은 의미가 없었다.

차장, 부장 같은 말은 이 팀 안에서는 쓰이지 않았다. 누구는 이름을 부르고, 누구는 형이라 불렀다. 그 호칭이 정겹게 느껴졌다. 일할 때는 말이 거의 없었다.

누가 먼저 올라갈지, 누가 자재를 넘길지, 어디서 멈춰야 할지, 굳이 말하지 않아도 손발이 자연스럽게 맞았다. 한 사람이 자재를 올리면, 다른 한 사람은 이미 다음 자리를 준비하고 있었다. 오랜 시간 쌓이지 않으면 나올 수 없는 호흡이었다.

몇 달 전, 네 분이 가족들을 데리고 동남아로 해외여행을 다녀왔다는 이야기를 들었다. 같은 일정, 같은 휴가, 같은 마음이 맞아야 가능한 일. 가족들끼리도 편해야 하고, 누구 하나 빠지지 않아야 가능한 선택이었다. 그 얘기를 들으며 문득 그런 생각이 들었다. 넥타이를 매고 출근하는 회사에서 스무 해를 함께 일해도 가족 동반 해외여행을 가는 경우가 과연 얼마나 있을까? 회사에서는 함께 일해도 퇴근하면 각자의 세계로 흩어진다. 관계는 대부분 '업무'라는 울타리 안에서만 유지된다.

하지만 현장은 다르다.

같이 땀을 흘리고, 같이 욕을 먹고, 같은 위험을 통과하고, 같은 천장을 올리고, 하루의 대부분을 같은 공간에서 보낸다. 그렇게 겹겹이 쌓인 시간은 사람 사이의 두께를 완전히 다르게 만든다.

세월이 흘러도 그대로인 팀, 말이 없어도 서로의 다음 동작을 아는 사람들, 형제처럼 부대끼며 살아가는 관계. 나는 그들을 볼 때마다 현장에서만 만들어지는 '전우애'라는 말이 결코 과장이 아니라는 걸 느낀다.

그 팀은 오늘도 네 명이 함께였다.

같은 천장을 올려다보며….

함께 있다는 것

현장에서 일하다 보면 종종 이런 생각이 든다.

건물을 만드는 것은 콘크리트와 철근이지만, 현장을 실제로 움직이는 것은 결국 사람의 마음과 관계라는 사실이다.

젊은 목수 팀처럼 밝은 에너지를 흩뿌리는 팀이 있고, 형제 도장 팀처럼 일을 예술로 승화하는 팀이 있기도 하다. 또한 말 한마디 없이도 손짓만으로 모든 것을 해결하는 철근 팀이 있으며, 10년 넘게 같은 템포로 움직이는 텍스 팀도 있다.

각자 일하는 방식은 다르고, 하루를 견디는 리듬도 제각각이다. 하지만 그 안에는 공통적으로 흐르는 무언가가 있다. 같은 공간에서 같은 먼지를 들이마시고, 같은 위험을 지나고, 같은 시간을 겹겹이 쌓아온 사람들이 만들어 낸 그들만의 유대감이다.

이 연결은 작업 팀에만 국한되지 않는다. 어디에서도 쉽게 만들어지지 않는 관계다. 현장은 어제와 오늘이 다르고, 사람은 생각보다 훨씬 쉽게 바뀌며, 날씨가 조금만 틀어져도 모든 일정이 뒤엉키는 곳이다. 그런 혼란 속에서도 함께 움직이는 사람들 사이에는 말로 설명하기 어려운 신뢰가 조용히 자라난다.

현장의 일은 고되다.

하지만 현장은 사람 때문에 버텨지는 곳이기도 하다. 누군가의 짧은 한마디, 말없이 건네는 손짓 하나, 잠깐 스치는 웃음 덕분에 지친 하루가 다시 일어날 힘을 얻기도 한다. 나는 현장에서 만난 이 사람들을 보며 관계라는 것이 꼭 화려할 필요도, 의도적으로 꾸며질 필요도 없다는 걸 알게 되었다. 묵묵히 옆을 지켜주고, 필요할 때 먼저 손을 내밀며, 말이 없어도 같은 방향으로 움직일 수 있다면 그 자체로 이미 가족 같은 사람, 함께하는 사람이 된다.

현장은 늘 거칠고 빠르다.

하지만 그 안에서 만들어지는 관계는 놀라울 만큼 따뜻하고 단단하다. 이런 사람들이 있기에 어떤 현장도 결국 완성되고, 어떤 하루도 다시 시작된다.

슬픔이
남는 자리

사람이 모여 사는 곳이라면 어디든 희로애락이 있다. 웃음이 있고, 분노가 있고, 애써 삼킨 서운함과 말하지 못한 기쁨이 있다.

현장도 다르지 않다.

다만 중장비가 오가고, 흙먼지가 떠다니며, 현장의 소음이 쉴 새 없이 울리는 이곳에서 마주하는 감정들은 조금 다른 형태로 다가온다. 이곳 역시 각자 다른 일을 하는 사람들이 하나의 목표를 위해 모여든 작은 사회다. 도면 위의 선 하나가 사람의 하루를 정하고, 무전기 너머 한마디가 누군가의 표정을 바꾼다.

그 안에서 오가는 감정의 결은 유난히 거칠면서도, 동시에 놀랄 만큼 섬세하다.

현장에서의 '슬픔'은 사무실에서 겪는 상실과도, 집 안에서 조용히 버티는 아픔과도 닮지 않았다. 여기서 슬픔은 말로 꺼내지기보다 몸에 먼저 쌓인다. 각자의 삶에 오래도록 눌러 담아온 무게가 작업복 주머니처럼 늘 축 처져 있다가, 어느 날 누군가에게서 툭 하고 흘러나오면 그 순간, 공기 전체가 말없이 흔들린다. 누군가의 사고 소식이 전해지는 날이면 이름도 모르고, 얼굴을 제대로 본 적도 없는 사람임에도 모두가 하나의 마음이 된다.

내 가족이 다친 것처럼 가슴이 먼저 반응한다.

"괜찮냐."고 묻지 않는다. 그 물음마저 실례이자 사치로 느껴진다. 그 대신 같은 자리에 서 있는 모든 사람은 어깨 위로 똑같은 무게가 내려앉는 순간을 느낀다.

작업자들은 말없이 안전 보호구를 다시 확인한다. 안전벨트가 느슨하지는 않은지, 헬멧은 제대로 고정되어 있는지. 괜히 공구를 한 번 더 꽉 쥐었다가 놓고, 멀쩡하던 장갑을 털어내며 손바닥을 바라본다. 아무 의미 없는 동작 같지만, 그 안에는 '오늘은 아무 일 없어야 한다'는 말 없는 바람이 담겨 있다. 그날의 현장은 평소보다 더 침묵 때문에 시끄럽거나, 아예 모든 장비가 멈춰 고요해지기도 한다. 기계 소리가 사라진 자리에는 사람들이 삼키고 있는 말들만 남는다.

사람들은 흔히 말한다. "슬픔은 나누면 반이 된다"고. 하지만 내가 현장에서 본 슬픔은 반으로 나뉘기보다는 서로의 가슴 속으로 고르게 스며들어 길고 희미한 그림자를 만들었다. 그 그림자는 금방 사라지지 않는다.

며칠이 지나도, 현장이 다시 돌아가도 사람들 발밑에 얇게 깔려 있다. 그리고 이상하게도 그 그림자 속에서만 또렷하게 보이는 장면들이 있다. 슬픔을 안고도 다음 날, 아니 그다음 날까지 똑같은 자리에서 똑같은 일손을 움직이는 사람들. 눈이 빨갛게 충혈되어 있는데도 전날과 같은 속도로 망치를 잡는 손들.

"그만 쉬어." 이 말보다 "같이 하자." 이 말이 더 힘이 되는 순간들이 분명히 있다.

누군가 옆에 서서 같은 방향을 바라봐 주는 것, 그것만으로도 하루를 버틸 수 있을 때가 있다. 나는 그들의 어깨가 허공을 향해 아주 조금 기울어지는 모습을 본 적이 있다. 작업복에 스며 있던 먼지가 유난히 무겁게 보이던 날들. 그날의 공기와 소리와 사람들의 눈빛을 나는 지금도 잊지 못한다. 슬픔은 나누면 반이 되는 것인지, 아니면 서로의 마음에 절반씩 새로운 그림자를 남기는 것인지 정확히 말할 수는 없다.

다만 하나는 분명했다.

그림자가 생긴 사람들 모두 드러내지 않고 어제와 같은 일상을 가져간다는 것이다. 슬픔을 짊어진 채 현장을 버티는 사람들은 굳이 말하지 않아도 많은 것을 보여주었다. 그들은 슬픔 때문에 무너지지 않았다. 그 슬픔을 품은 채 오늘의 일을 묵묵히 이어갔다. 그 단단함과 조용한 용기는 어쩌면 현장에서 가장 무겁고, 그리고 가장 따뜻한 힘이었다.

가장 먼저 오던 사람

현장에서의 이른 새벽이나, 모두가 퇴근하고 난 가장 늦은 시간은 낮과는 전혀 다른 소리를 낸다.

대부분은 조용하다. 너무 조용해서 여기가 낮에 시끄러웠던 같은 공간이 맞나 싶을 정도다.

그러다 갑자기 '삐~삐~삐~삐~ 철컹' 아무도 없다고 믿고 있던 그 고요 속에서 누군가 호이스트를 타는 소리가 들린다. 평소라면 중장비 소음에 묻혀 전혀 들리지 않던 소리다. 하지만 그 시간의 그 소리 하나가 유독 또렷하고, 유독 청명하게 귀에 남는다.

보통 그 시간에 호이스트를 탄다는 것은, 조출(새벽 출근)해서 하루를 남들보다 일찍 시작하는가 하면, 야근해서 남들보다 늦게 일을 마치는 사람들이다. 그것도 아니라면 무엇인가 두고 간 사람들일 것이다.

확실한 사실은 그 아무도 없을 법한 호이스트의 소리에는 부지런함을 싣고 있다.

'삐~삐~삐~삐~ 철컹'

'오늘도 또 하루가 시작됐구나.' 하는 익숙한 흐름 속에 그날 아침도 그랬다. 부지런한 일상은 아무 일 없다는 듯 굴러가고 있었고, 모두들 지친 오후를 향해 천천히 달려가고 있었다.

짧은 휴식 시간.

나는 동료와 근로자 쉼터에서 잠시 숨을 고르고 있었다. 기계는 여전히 돌아가고 있었지만, 근로자 쉼터 안쪽까지 그 소리가 무겁게 밀려오지는 않았다. 무전기와 전화마저 조용하면 잠깐의 잡담은 하루 피로를 달래기에 그만이었다. 그런데 어느 순간, 평소엔 거의 뛰는 법이 없던 관리자들이 말도 없이 같은 방향으로 달리기 시작했다.

생각해 보니 장비 소리는 나지 않고 무거운 안전화가 바닥을 때리며 내는 둔탁한 소리가 크게 들렸다. 그 소리가 불길한 예고처럼 귀에 남았다.

잠시 뒤, 휴대전화가 울렸다. 무전이 아니라 선임의 전화였다.

평소엔 농담을 섞고, 급해도 말끝에 여유를 두던 사람이었다. 그런데 그날 그의 목소리는 짧았고, 단단했다.

"너 지금 어디야? A 구역으로 바로 뛰어와. 사람들 통제하고."

그 말뿐이었고, 전화는 바로 끊겼다.

나는 숨을 한 번 고르고 말해준 구역으로 발을 옮겼다. A 구역에 도착했을 때, 작업자들은 모두 바깥으로 나와 있었다. 싸움이라도 난 것처럼 사람들이 구역을 둘러싸고 있었고, 관리자들은 안쪽에서 접근을 막고 있었다. 기계 소음은 이미 멈춘 지 오래였다.

중장비 움직이는 소리도, 망치가 부딪치는 소리도, 현장을 채우던 모든 소음이 사라져 있었다. 그 자리를 설명하기 어려운 적막이 채웠다. 누군가는 헬멧을 벗어 든 채 땅만 내려다보고 있었고, 누군가는 아직 이유도 모른 채 어수선한 표정으로 주변을 둘러보고 있었다. 말을 걸어 분위기를 깨뜨리는 사람은 아무도 없었다. 잠시 후, 직원 한 명이 내 쪽으로 다가와 귓속말처럼 말했다.

"작업자 한 분이 극단적인 선택을 했대."

가슴이 철렁 내려앉았고, 잠시 시간이 멈춘 듯했다. 확실한 이유를 아는 사람은 없었다.

경제적인 문제 때문이라는 말도 있었고, 개인사가 마음을 짓눌렀다는 소문도 돌았다. 하지만 누구도 단정하지는 못했다. 그저 한 사람의 무게가 어디까지 내려갔는지 짐작조차 할 수 없을 뿐이었다.

일과가 끝나갈 즈음, 그 작업자를 담당했던 작업팀장이 조용한 목소리로 이런저런 이야기를 흘렸다.

"개인 사업 크게 하다가 망하고 이 일을 시작했다더라."

"아무리 죽어라 일해도 빚이 안 줄었다던데….'

진실 여부는 알 수 없었다. 다만 현장에서 스쳐보았던 그의 얼굴, 무표정한 눈빛과 짧은 인사에는 설명하기 힘든 단단한 피로가 늘 배어 있었다. 나는 그분과 깊은 대화를 나눈 적이 거의 없다.

현장에서 흔히 오가는 말, "안녕하세요", "수고하세요." 딱 그 정도였다.

그런데도 뚜렷하게 기억에 남는 게 하나 있었다. 그분은 늘 가장 먼저 현장에 오는 사람이었다. 곰방 작업_{자재 이동 작업} 특성상 일당이 아니라 작업량으로 급여가 매겨지다 보니, 그는 언제나 제일 먼저 도착해 장비를 풀었다. 그리고 해가 떨어져 현장이 어둑해질 때까지 가장 마지막까지 남아 있었다. 그 모습을 보며 나는 가끔 생각하곤 했다.

저 성실함은 어디에서 나오는 걸까?

가정도 집도 개인의 시간도 없이, 온몸 전체를 갈아 넣는 것 같이 일하는 방식. 지금 와 돌아보면 그 성실함의 이면에는 우리가 알지 못했던 짐, 말로 다 할 수 없는 무게가 짓누르지 않았나 싶다. 나중에 누군가가 그 작업자가 습관처럼 이런 말을 했다고 전했다.

"아무리 일을 해도 한 줄기 빛이 보이지 않더라…."

그 말이 사실인지 아닌지는 알 수 없다. 어디까지가 진짜였고, 어디부터가 추측이었는지도 모른다. 하지만 그 한 문장은 그날 현장 전체를 덮고 있던 공기, 그 침묵을 설명하기엔 충분했다.

사람마다 짊어진 마음의 무게는 다르다. 겉으로 보기엔 작아 보여도, 정작 본인에게는 하루를 버티게 하는 힘이 되기도 하고 어느 날은 하루를 통째로 무너뜨리는 이유가 되기도 한다.

나로서는 그날 이후 현장이 아무 일 없었던 듯 다시 돌아갔다는 사실이 가장 받아들이기 힘들었다. 기계는 다시 돌아갔고, 관리자들의 지시는 무전기로 쏟아졌으며, 사람들은 각자의 자리에서 또 하루를 이어갔다.

현장이라는 곳은 큰 감정을 오래 붙잡아 두지 못한다. 해야 할 일이 있고, 밀린 일정이 있고, 누군가는 내일 타설을 준비해야 하고 누군가는 오늘 배근 검사를 마쳐야 한다. 그러다 보면 슬픔도 어쩔 수 없이 현장 밖으로 밀려난다. 하지만 밀려났다고 해서 사라지는 건 아니다.

그날을 지켜본 사람들 마음 한구석에 작은 그림자처럼 조용히 남아 좀처럼 지워지지 않는다. 나는 지금도 그 일을 오래 마음속에 품고 있다. 사람의 하루 속에는 우리가 모르는 깊은 골짜기가 숨어 있다는 것. 그리고 누군가는 묵묵히 버티던 그 끝에서 더 이상 갈 곳을 찾지 못할 수도 있다는 사실을.

우리가 쌓아 올리는 건물들 사이에는 사람들의 무게, 이름 없는 슬픔, 말없이 이어진 버팀 같은 것들이 보이지 않게 내려앉아 있었다.

나는 '성실함'이라는 단어가 무겁게 느껴졌다. 누군가의 성실함 뒤에는 버티기 위한 처절함이 숨어 있을 수도 있고, 어쩌면 도움을 요청하지 못한 마지막 신호가 아무 말 없이 드러나 있었을지도 모른다.

그분은 늘 가장 먼저 오던 사람이었다.

아무도 보지 않는 시간에 묵묵히 일을 시작하고, 아무도 남지 않는 시간에 현장을 닫던 사람. 그리고 그 하루하루의 끝에서 그는 혼자서 버티고 있었던 것이다.

사라진 사람과 남은 사람

현장에서 일을 하다 보면, 사람의 얼굴보다 먼저 눈에 들어오는 것들이 있다. 안전모와 안전화다.

안전모에 적힌 회사 이름만 봐도 대략 어디 소속인지 짐작이 간다. 안전화 바닥이 얼마나 닳아 있는지, 기름과 먼지가 어떤 식으로 배어 있는지를 보면 그 사람이 이 현장에 얼마나 오래 있었는지도 얼추 알 수 있다. 깨끗한 안전모와 새 신발을 보면 '아, 새로 오신 분이구나.' 하고 마음속으로 정리하게 되고, 색이 바랜 안전모와 닳아빠진 안전화를 보면 굳이 말을 걸지 않아도 '이 현장을 잘 아시겠구나.' 싶어진다.

가려진 얼굴보다 장비가 먼저 말을 걸어오는 곳. 현장은 그런 공간이다.

안전모를 보고 고개를 들면, 아주 가끔 여성 작업자가 보인다. 대부분 남성으로 가득 찬 공간이라서인지 그 존재만으로도 자연스럽게 시선이 한 번 더 간다.

전기 작업 팀에 젊은 여성 작업자가 한 분 있었다. 현장의 거친 공기 속에서도 보기 드물 만큼 부드럽고 밝은 온기를 가진 사람이었다. 먼지와 소음이 하루 종일 달라붙어 있는 공간에서 환하게 웃는 얼굴을 마주치는 일은 흔치 않다. 그 얼굴 하나 때문에 잠깐 발걸음을 멈추게 되는 순간이 있다. 마른 땅에 물기가 스며들 듯, 그런 식으로 사람 마음에 남는 웃음이었다.

그분은 늘 먼저 인사를 건넸다.

"안녕하세요!"

스쳐 지나가며 던지는 그 한마디가 현장에서 흔히 오가는 인사와는 조금 달랐다. 눈도 마주치지 않고 형식적으로 하는 인사가 아니었다. 마치 고급 레스토랑에서 손님을 맞이하는 매니저처럼 자연스럽고 단정했다.

하루에 두세 번, 그 인사를 마주치다 보면 그 작은 미소가 현장 전체 분위기를 조금씩 덮는 게 느껴졌다. 말 한마디 하지 않아도 "오늘도 잘해봅시다. 안전에 주의해 주세요. 잘 부탁드립니다."라는 메시지가 전해지는 인사였다.

그분은 바로 그런 사람이었다. 그러다 어느 날부터 그 얼굴이 보이지 않았다. 처음에는 아무도 이상하게 생각하지 않았다. 현장은 원래 그런 곳이니까. 어제 보던 사람이 오늘은 다른 현장으로 가 있고, 오늘 있던 사람이 내일은 나오지 않는 일이 너무 흔하다.

"아, 다른 현장으로 갔나 보다."

그 정도 생각으로 다들 자기 일로 돌아갔다. 하루 이틀 그분의 미소가 안보이자, 하나둘씩 이름이 오르내렸다.

"아직 안 왔네"

"다른 현장 갔나?"

"젊은 여자가 힘들어서 하겠어? 그만둔 거지."

그리고 이틀 뒤였다. 사무실 입구에 작은 모금함 하나가 놓여 있었다. 아무 장식도 없었다. A4용지 한 장에 '모금함'

이라고만 적혀 있었다. 누구를 위한 건지, 무슨 사연인지 아무 설명도 없었다. 처음 봤을 때는 잠시 발걸음을 멈췄다. 이 현장에서 이렇게 조용한 방식의 모금함은 흔치 않았기 때문이다.

사무실 자리에 앉자 전기과장님이 낮은 목소리로 말을 건넸다.

"조금씩이라도 도와주자고."

그 뒤에 예상을 전혀 할 수 없었던 이야기가 전해졌다.

그분은 혼자 아이를 키우며 살고 있었고, 아이의 병원비와 생활비를 벌기 위해 현장에 나왔다는 이야기였다. 아이의 건강이 좋지 않아 병원을 오가는 일이 잦았지만, 일을 멈추는 순간 바로 병원비가 문제가 되는 현실 때문에 아이와 함께하는 시간보다 현장에서 보내는 시간이 더 길었다고 했다.

그리고 결국, 아이가 세상을 떠났다는 소식이 전해졌다. 장례비조차 감당하기 힘든 상황이라는 말도 조심스럽게 덧붙여졌다.

너무 조용해서, 그래서 더 잔인하게 들리는 이야기였다. 나는 그분과 짧은 인사 외에 제대로 대화를 나눠본 적이 없다.

"안녕하세요." 그 정도였다. 그런데도 그 짧은 인사가 이상할 만큼 크게 마음을 건드렸다. 사람은 누구나 겉으로는 웃고 있어도 그 안에 견디기 힘든 무게를 품고 있을 수 있다. 그전까지 아무도 몰랐다는 사실이 뒤늦게 다가왔다. 모금함 위로 사람들의 손이 하나둘 모였다.

누군가는 하루 일당에서 커피값을 아껴 넣었을 것이다.

누군가는 점심값을 줄여 봉투를 접었을지 모른다.

집에 들어가 가족과 먹으려던 간식값을 넣은 사람도 있었을 것이다.

전기 팀에서는 아예 하루 일당을 통째로 넣었다는 이야기도 들렸다.

그건 돈의 크기 문제가 아니었다. 같은 현장에서 같은 공기를 마시며 일했다는 그 사실 하나만으로 그 하루의 무게를 함께 나누고 싶었던 마음이었다.

다음 날, 현장은 아무 일도 없었다는 듯 다시 움직이기 시작했다.

기계가 돌아왔고, 철근은 다시 묶였으며, 전날 멈춰 섰던 소음은 조금의 망설임도 없이 현장을 다시 채웠다. 사람들은 각자의 자리로 흩어졌고, 무전기에서는 평소와 다르지 않은 지시들이 흘러나왔다. 겉으로 보기엔 모든 것이 제자리를 찾은 것처럼 보였다. 하지만 분명히, 어제와는 같지 않았다.

기억은 각자의 방식으로 남아 있었다. 적어도 그 현장에 있던 사람들은 그 젊은 여성의 이름을 몰라도 그 아픔을 함께 나누고자 했을 것이다. 그 아이가 남자아이였는지 여자아이였는지, 몇 살이었는지, 어떤 얼굴이었는지 몰라도 아이를 향한 마음만큼은 모두가 비슷했을 것이다. 누군가는 자신의 휴대폰을 펼치고 자신의 아이의 사진을 한 번 더 보았을지도 모른다.

이름도 모르고, 사진 한 장 본 적 없지만, 그날만큼은 각자의 방식으로 그 아이를 위한 기도를 했을 것이다.

그리고 나에게는 그날 이후 '모금함'이라는 단어가 조금 다르게 남았다. 현장 입구 한쪽에 놓여 있던 하얀색 A4용지 하나를 떠올리게 하는 말. 아무 장식도 없고, 정성스러운 문구도 없었던 그저 '모금함'이라고 적혀 있던 종이. 돈을 모으는 상자가 아니라, 말하지 못한 마음들이 잠시 머물렀다 가는 자리였다. 그리고 아마도, 그날을 함께 지나온 사람들 마음속 어딘가에도 비슷한 자국 하나쯤은 남아 있을 것이다.

현장은 그런 곳이다. 사람을 누구보다 빨리 잊는 것 같으면서도, 누군가의 마지막 사연만큼은 오래 남긴다. 서로 잘 알지 못해도 아픔 앞에서는 이유 없이 마음이 모이고, 그날의 기억은 각자의 방식으로 남는다. 사라진 사람은 그렇게 마음속 어딘가에 조용히 묻히고, 남은 사람들은 다시 하루를 시작한다.

지붕 위의 아버지

장마가 코앞으로 다가오던 어느 여름이었다.

장마전선이 이미 북상하고 있다는 뉴스와 꿉꿉하기만 한 습도는 더욱 긴장하게 만든다. 지붕 작업은 장마 전에 끝내지 못하면 공정을 처음부터 다시 짜야 하는 날씨에 가장 민감한 작업 중 하나다. 장마가 오기 전에 지붕 작업을 마무리하면 비와 상관없이 내부 작업이 가능하지만, 그렇지 못하면 최대 3주가량 공사가 지연되고, 매일 저녁 내일 비가 오는지 안 오는지에 따라 공정표를 만들다 지우기를 반복해야 한다. 그래서 이 시기에는 하루가 아니라 1시간이 중요하다. 작업 팀장에게는 더더욱 그렇다.

그날도 그는 주말인데도 누구보다 먼저 현장에 나와 있었다.

평소 같으면 농담 한마디 던지며 분위기를 풀던 사람이지만, 그날만큼은 아침부터 표정이 굳어 있었다.

'주말에 못 쉬고 일하러 나와서 저런가?'

'아무래도 장마 앞두고 예민해지겠지.' 하고 말았다. 하지만 이유는 다른 데에 있었다.

그는 아들을 데리고 왔다. 중학생쯤 되어 보였지만 행동과 표현에 어려움이 있는 아이였다. 평일에는 기관의 도움을 받을 수 있지만, 주말에는 맡길 곳이 없다고 했다. 그는 가설 사무실 한쪽에 태블릿을 켜두고 과자 몇 봉지를 조심스럽게 뜯어 놓았다. 그리고 나를 보며 말했다.

"태블릿만 있으면 조용할 겁니다. 신경 쓰이게 해서 죄송합니다."

말은 그렇게 했지만 눈은 이미 아이에게 가 있었고, 손은 분주했다.

아이 손에 닿을 것을 모두 캐비닛 안에 넣고 잠가버렸다.

"잠깐만요, 제 사무실에 물이나 음료라도 가져다드릴게요~"

나의 말에 그는 거의 반사적으로 손사래를 쳤다.

"안 됩니다. 쏟으면 도면이나 태블릿에 들어갈 수 있어요.

전기 배선 쪽으로 흐르면 더 위험하고요. 제가 이따 와서 물 줄 거예요."

그는 한 문장 안에 책임자의 판단과 아버지의 걱정을 동시에 담아냈다.

"혹시 아이가 밖에 나오면 제가 바로 조치하겠습니다. 문 잠그면 울고불고 난리 나거든요."

그는 그렇게 말하며 사무실 문을 한 번, 아이를 한 번 번갈아 보았다. 문을 잠그지 않는 선택이 결코 느슨해서가 아니라는 걸 그 표정이 먼저 말해주고 있었다. 현장에는 자재가 여기저기 널브러져 있었고, 여기저기 못들이 튀어나와 있다. 조금만 방심해도 어른에게도 위험한 공간이었다. 아이에게는 더 말할 것도 없었다. 그럼에도 그는 문을 잠그는 쪽이 오히려 더 위험하다고 판단하고 있었다. 아이에게는 '나가고 싶을 때 나갈 수 없다'는 사실 하나가 순식간에 불안으로 번진다고 했다. 문을 열고 싶을 때 문이 열리지 않으면, 아이는 더 크게 소리 지르고, 더 거칠게 몸을 움직이게 된다. 그 순간이 오히려 사고로 이어질 가능성이 높다는 것이었다.

그렇게 그는 지붕 위로 올라갔다. 하지만 올라갔다고 해서 일에만 집중할 수 있는 상태는 아니었다. 그날 그는 작업장과 사무실을 끊임없이 번갈아 바라보는 사람이 되었다. 손은 공구를 잡고 있었지만, 시선은 늘 아래를 향했다. 혹시라도 아이에게 무슨 일이 생기면 곧바로 내려오기 위해 그는 일부러 지붕의 끝단에서 작업했다.

한 번은 아이의 그림자가 사무실 밖으로 비치는 걸 보자 그는 거의 뛰다시피 아래로 내려왔다. 그때의 얼굴은 작업자도, 팀장도 아니었다. 그저 한 아이의 아버지였다.

"이리 와. 밖에 나오면 안 돼." 다그치는 말투는 아니었다. 그 목소리에는 불안이 먼저 묻어 있었다. 현장은 아무리 정리를 잘해도 위험 요소가 남아 있는 공간이다. 전선 하나, 못하나, 미처 치우지 못한 자재 하나가 아이에게는 충분히 위험했다. 그는 아이의 손목을 잡아 다시 사무실 안으로 데려왔다. 그리고 나를 보며 짧게 말했다.

"죄송합니다."

왜 미안해하는지 굳이 설명하지 않아도 알 수 있었다. 작업은 이미 밀리고 있고, 자기 때문에 다른 작업자들이 더 고생하게 될지도 모른다는 걱정. 그럼에도 아버지로서 아이를 혼자 둘 수는 없다는 마음. 그는 그 두 마음 사이에서 하루 종일 흔들리고 있었다. 동료들은 그 마음을 누구보다 잘 알고 있었다.

"팀장님, 괜찮아요. 퇴근하셔도 돼요. 우리가 할게요."

누군가는 그렇게 말했고, 누군가는 말없이 고개를 끄덕였다. 하지만 그는 고개를 저었다. 장마 전에 끝내야 한다는 책임감은 잠시도 그의 등을 떠나지 않았다. 지붕 위로 다시 올라가는 그의 발걸음은 무거웠다. 하지만 아이를 향해 내려다보는 눈빛은 그보다 더 무거워 보였다. 그 무게는 나눈다고 사라지는 것이 아니었다. 그저 잠시, 옆에서 들어주는 사람이 생길 뿐이었다.

그날, 지붕과 사무실을 오르내리던 그의 뒷모습은 아버지와 작업팀장, 그 두 이름을 동시에 짊어진 사람의 모습이었다.

현장에서 만난 사람들의 이야기는 대부분 기록되지 않는다. 이름도 남지 않고, 하루 동안 쏟아낸 힘과 땀도 바람처럼 사라진다. 짧은 스침에도 불구하고, 그들이 남기고 간 말 한마디와 행동 하나는 마치 기록처럼 기억 속에 남아 있다.

나는 때때로 그날의 장면들을 떠올린다.

도면 사이를 오가던 발걸음, 짧은 인사, 아무 말 없이 지나가던 얼굴들. 겉으로 보기엔 단순한 노동처럼 보이지만, 그 안에는 말하지 못한 사연들이 고요하게 숨어 있었다. 우리가 스쳐 지나쳤던 사람들조차도 보이지 않는 골짜기를 하나씩 품고 있었을 것이다.

현장은 늘 시끄럽다. 크레인이 돌아가고, 레미콘 차량이 오가고, 망치와 절단기 소리가 하루 종일 이어진다. 그 소음 속에서도 사람들의 슬픔은 이상할 만큼 고요한 방식으로 다가온다. 그리고 그 고요함이 가장 오래 남는다.

슬픔은 어쩌면 나눈다고 해서 반으로 줄지는 않는다.

다만 넘치지 않도록 옆에서 잠시 붙잡아주는 마음이 있을 뿐이다. 그리고 그 작은 붙잡음이 어떤 날은 사람 한 명의 하루를 버티게 한다.

누군가 그랬다.

우리는 서로의 슬픔을 대신 짊어질 순 없지만, 그 옆에 머물러줄 수는 있다고.

굳이 말하지 않아도 알 수 있는 눈빛 하나, 행동 하나가 이 소란스러운 현장을 조금 더 견딜 만한 곳으로 만든다.

'가족'이라는
이름

현장에서 하루가 끝나면 먼지는 가라앉고, 기계들도 조용히 숨을 고른다. 하지만 사람들 사이에 스쳐 지나간 장면은 이상하게 오래 남을 때가 있다. 힘든 날일수록, 그런 장면들은 더 선명하다. 그리고 그런 순간을 떠올릴 때면, 가장 먼저 떠오르는 것은 결국 '가족'이다.

예전에 TV에서 본 장면이 하나 있다.

남편이 아파트 외벽에서 안전줄 하나에 의지해 도장 작업을 하던 날, 멀리서 그 모습을 바라보던 아내가 끝내 눈물을 흘렸다.

나는 그 장면을 보며, 아내만 우는 게 아니라 남편도 속으로 깊이 울었을 거라 생각했다. 누구보다 잘 버티고 있다고 스스로를 다독였겠지만, 사실은 매일 위험했고, 춥고, 뜨거웠고, 말할 수 없었던 두려움이 분명 있었을 테니까. 그날 아내의 눈물은 단순한 걱정이 아니라 "당신의 삶을 내가 알고 있다."는 조용한 인정에 가까웠다.

남편은 그 한순간에 다시 힘을 채웠을지도 모른다. 사람은 결국, 이해와 인정을 받는 순간 모든 설움은 사라져 버리기 때문이다.

가족이란 그런 존재 같다.

곁에만 있어도 위로가 되지만, 정작 마음 깊은 곳을 움직이는 건 '공감'이다.

내가 견딘 무게를 누군가가 알고 있다고 믿는 순간, 사람은 다음 하루를 살아낼 힘을 얻게 된다.

현장에서 가족과 함께 일하는 모습을 보면 그 사실이 더욱 명확해진다.

위험한 순간에 서로의 손을 잡아주고, 힘든 날엔 말없이 등을 쓸어주고, 가끔은 다투고, 가끔은 지쳐도, 결국 다음 날에도 서로의 옆에 선다.

그들은 '같이 일한다'는 말을 넘어서 서로를 공감하고, 위로하고, 다시 나아갈 힘을 건네는 사람들이다. 아마 그 작은 공감이 없었다면 그 많은 위험과 피로를 버티는 일은 훨씬 더 어려웠을 것이다. 예전에 우리 아버지가 힘든 날이면 괜히 치킨을 사 들고 오던 모습도 떠오른다.

그건 단순한 음식이 아니라 스스로에게 "오늘 힘들었지? 그래 수고했다."는 말없는 위로였을 것이다.

그런 의미에서, 현장에서 하루를 함께 견디는 이들은 서로의 마음을 읽고, 서로의 무게를 대신 들어주며 그렇게 서로의 내일을 향한 걸음을 이어간다.

온기를 전하는 가족

요즘 웬만한 주택 건물에는 모두 바닥 난방이 들어간다. 보일러 배관을 깔고 그 위에 몰탈을 붓는 '방통 작업'은 집의 온기와 직결되는 중요한 공정이다. 겉으로 보기에는 단순해 보이지만, 사실 이만큼 진입 장벽이 높은 일도 드물다. 방통 차량, 전용 펌프, 믹서기, 몰탈 운반 장비까지 갖추려면 초기에 들어가는 비용이 상당하다. 장비만 갖춘다고 끝나는 것도 아니다. 바닥의 평탄함, 배관 고정 상태, 물 비율 조절, 타설 속도 등. 사전 준비가 완벽해야만 현장은 '한 번에' 깔끔하게 마무리된다. 그래서 능력 있는 방통 팀은 전국 어디를 가도 스케줄이 바쁘다.

내가 현장에서 만난 그 가족도 그런 팀이었다.

남편, 아내, 그리고 스무 살 갓 넘은 듯한 아들. 세 사람이 한 팀으로 방통 작업을 해낸다. 사장님은 딱 '현장 인생'의 얼굴이었다. 햇볕에 타서 짙게 그을린 피부, 툭툭 던지는 투박한 말투, 작업복에 잔뜩 굳어 붙은 몰탈 자국. 그리고 입에서 거의 떨어지지 않는 담배. 겉으로 보면 까칠해 보이지만, 막상 대화를 나누다 보면 의외로 부드러운 면모가 드러난다. 가족 이야기가 나오면 그의 표정은 느슨해지고, 장비 이야기가 나오면 입가에 은근한 미소가 번졌다.

작업이 시작되면 가장 힘든 일은 사장님이 맡고, 아내와 아들이 옆에서 자연스럽게 손발을 맞춘다. 세 사람의 호흡은 놀라울 정도였다. 말 한마디 없이도 서로의 다음 동작을 알고, 필요한 순간에 정확히 필요한 사람이 움직이는 팀워크. 오래 함께 일한 가족만이 만들어 낼 수 있는 리듬이었다.

일이 끝나고 장비를 정리하는 시간에도 이 가족의 분위기는 남달랐다. 아내와 아들은 먼저 움직여 장비를 재빨리 정리하고, 사장님은 뒤에서 마무리를 확인했다. 그러다가 사장님이 슬쩍 휴대폰을 열어 사진 몇 장을 보여줬다. 새로 지은 집, 마당에 세워둔 벤츠 한 대, 그리고 거의 집 한 채 값은 되어 보이는 대형 캠핑카.

"이거 풀옵션이야. 옵션만 1,000만 원 넘었어."

그는 특히 그 캠핑카에 남다른 애정을 보였다.

방통 작업이 있을 때마다 요청을 드리면, 작업이 끝난 뒤 휴대폰 속 사진을 보여주며 가족끼리 캠핑카 타고 여행 다닌 얘기를 들려줬다. 땀범벅이 되어 현장에서 일하던 모습과 달리 사진 속 모습은 마치 완전히 다른 사람이었다. 여유롭고 인자한 표정, 가족과 어울리는 평온한 분위기. 그 모습을 보며 나는 솔직히 놀랐다. 충분히 여유로운 삶을 즐길 수 있는 형편임에도 계속 현장에서 일하는 모습이 오히려 더 존경스러웠다.

그는 그런 '부'를 갖게 된 것이 단순히 운이 좋았기 때문이라고 했다. 그러면서 예전에 맡았던 아파트 대규모 공사 이야기를 꺼냈다. 지역 업체 비율을 맞춰야 하는 공사에서, 지역 업체인 자기 회사를 무조건 써야 했던 시기가 있었다는 것이다. 한 단지가 끝나기도 전에 다음 단지가 계약으로 이어졌고, 그렇게 연달아 현장을 맡으며 큰 수익을 냈다고 했다.

"운이 좋았지. 근데 나 일 진짜 열심히 했어. 남들 놀 때 일 했고, 남들 쉴 때 또 일했고….”

말투는 여전히 투박했지만, 그 안엔 분명 자부심이 있었 다. 운이 기회였다면, 그 기회를 잡은 건 그의 꾸준함이었다.

그런데 이 가족에서 가장 기억에 남는 사람은 오히려 아내 분이었다.

현장에서 부부가 함께 일하는 경우는 많지만, 이 가족처럼 분위기가 따뜻하고 단단한 팀은 드물다. 두 사람 사이의 온 도는 말로 설명하기 어려울 만큼 부드러웠다. 남편이 농담을 던지면 조용히 웃어주고, 장갑이 젖어 벗기 어려울 때는 말 없이 물병을 열어 건네주고, 잠깐 쉬는 시간에는 남편의 어 깨를 가볍게 주물러 주는 모습도 자주 보였다. 과장된 애정 이 아니라, 긴 세월 동안 서로를 지탱해 온 사람들만이 가지 는 자연스러운 행동이었다.

아내는 젊고 이국적이면서 도시적인 분위기를 가지고 있 었다. 하지만 몸놀림은 현장 경험이 충분히 쌓인 사람처럼 정확했고, 아들은 건장하고 믿음직스러웠다. 20대 초반처럼 보였지만 손놀림은 이미 베테랑이었다. 호스를 잡고, 몰탈을 퍼 나르고, 바닥을 다지는 동작들은 망설임이 없었다. 세 사람은 작업 중에도 손짓이나 시선만으로 서로가 원하는 걸 알아차렸다.

사장님은 일에 대한 자부심이 강했다.

"아들이 계속 이걸 했으면 좋겠어. 힘들어도 남는 일이고, 절대 없어지지 않는 일이니까. 장비 한 번 갖추면 평생 먹고 사는 거야."

아내는 그 말을 들으며 조용히 고개를 끄덕였고, 아들은 별말 없이 묵묵히 장비를 정리했다. 말은 없었지만, 아버지의 일과 삶을 물려받는다는 책임감이 그의 표정에서 자연스럽게 전해졌다.

세 사람은 겉으로 티를 내지 않아도 속으로 단단하게 연결된 가족이었다.

일을 하다 생기는 피로와 스트레스, 뜻하지 않은 사고의 위험, 매일 반복되는 노동의 무게를 함께 견디는 시간들이 이 가족의 결속을 만들었다. 가족끼리 일하는 이유가 단순히 돈 때문이 아니라는 걸, 그들의 대화와 눈빛에서 느낄 수 있었다.

그날 방통 작업을 마치고 장비를 트럭에 실으며 사장님이 아내에게 말했다.

"여보, 오늘 힘들지?"

아내는 잠시 웃으며 대답했다.

"일은 힘들어도 같이 하니까 괜찮아요. 같이 벌고, 같이 쓰고, 같이 살아야죠. 그래야 재미가 있지."

그 말이 유난히 오랫동안 마음에 남았다.

현장은 늘 시끄럽고 혼란스럽다. 온종일 먼지가 날리고, 기계 소리가 끊이지 않고, 작업자들의 발걸음으로 바닥이 흔들린다. 그런데 그 속에서도 이렇게 서로를 보듬으며 하루를 살아내는 가족들이 있다.

그들이 흘린 땀은 단순한 노동의 결과물이 아니라, 가족이 함께 만들어 낸 삶의 흔적이자 사랑이 갖는 가장 투박하고 진실한 모양이다.

말 없는 60대 부부 이야기

현장에서의 삶은 누구에게나 힘들다.

무겁고, 덥고, 바쁘고, 손발이 쑤시고, 때로는 억울하고, 때로는 버거운 날들이 이어진다. 그중 가장 힘든 일, 위험한

일이 무엇이냐 묻는다면, 나는 주저 없이 '콘크리트 커팅'이
라고 말한다.

그 일은 단순히 '힘든 노동'의 수준을 넘어서 있다. 무엇보
다 사람의 몸을 천천히 갈아 넣는 작업이다. 커팅 장비는 들
기만 해도 온몸이 미세하게 떨리고, 기계가 돌아가는 순간
손끝에서부터 팔, 어깨, 척추까지 진동이 내려앉는다. 돌아
가는 엔진톱은 한순간만 놓쳐도 대형 사고로 이어지고, 킥백
이라 해서 톱이 뒤로 튀어 오르는 순간은 상상하는 것만으로
도 아찔하다.

물과 먼지가 섞여 튀어 오르는 회색의 안개 속에서 사람은
시야를 잃어가고, 마스크는 금세 축축해지며, 입 안에는 시
멘트 먼지가 가득 찬다.

그야말로 인간의 힘과 기계의 힘이 극한으로 맞부딪치는
작업이다.

이 일을 60대 부부가 함께하고 있었다.

그날 현장은 3층이었다. 사람이 장비를 들고 계단을 오르
는 것 외에는 방법이 없었다. 그 부부는 아무 말 없이 무겁디
무거운 커팅 장비를 들고 올라왔다. 아저씨는 꾸역꾸역 장비

를 밀어 올렸고, 아줌마는 그 뒤에서 조심스럽게 받쳐주었
다. 그 모습을 보고 청년들이 들어드리려 하자, 그냥 드는 게
아니고 나름의 방식이 있다며 거부하셨다.

나는 그 모습을 보면서 문득 그런 생각이 들었다. 저 무게
는 단순히 '장비의 무게'가 아니라 저 두 사람의 인생과 세월
이 함께 들어있는 것이 아닐까?

엔진톱을 허공에 시험 삼아 돌리는 순간, 터져 나오는 소
리가 건물 전체를 울렸다. 마치 벽이 떨고, 바닥까지 울리는
듯했다.

"사장님, 밖에 계세요. 먼지도 많고 위험해요." 아저씨는
그렇게 말했다.

하지만 나는 현장소장으로서 밖으로 나갈 수는 없었다.

"그냥 하세요. 제가 구석에 서 있을게요."

마스크를 고쳐 쓰고, 보안경을 다시 눌러쓰고 그 먼지 속
에서 조용히 그들을 지켜보았다.

"부아아앙—"

엔진톱이 돌아가는 곳은 3층이었지만, 소리는 건물 밖 운
동장에까지 닿았다.

벽체에 톱날이 닿는 순간, 진동이 바닥을 타고 올라와 구

석에 서 있던 내 안전화를 꿰뚫었다.

건물은 마치 자기 몸의 일부가 조금씩 잘려 나가고 있다는 걸, 그대로 느끼고 있는 것 같았다.

하지만 내가 느낀 진동은 아주 일부에 불과했다. 작업자분의 팔은 진동 때문에 눈에 띄게 떨렸고, 아내는 바로 옆에서 선 정리를 하며 혹시 모를 사고에 대비하듯 남편의 곁을 지켰다.

콘크리트 벽을 파고드는 날의 소리, 날카로운 마찰음, 물과 콘크리트 먼지가 뒤섞여 쏟아지는 회색빛 잔해가 그들 앞에 계속 쌓였다.

두 사람은 말이 거의 없었다. 말하는 에너지마저 기계에 모두 빼앗긴 듯했다.

말이 필요 없는 사람들.

말보다 몸으로 살아온 사람들.

5분 작업, 10분 휴식.

다시 5분, 다시 10분.

세 시간이 넘도록 그 리듬은 변하지 않았다. 엔진 톱이 꺼지면 아저씨의 팔은 진동 때문에 덜덜 떨렸지만, 바로 해머를 들어서 커팅된 콘크리트를 휘두르며 넘겨뜨린다. 아내는 혹시 넘어질까 바닥의 먼지와 콘크리트 잔해를 계속 치우기 바빴다.

작업이 끝나자, 나는 숨을 크게 내쉬었다.

위험한 작업이 아무 사고 없이 지나갔다는 걸, 그제야 몸이 먼저 알아챈 듯한 숨이었다. 작업자분을 보니 팔은 아직도 진동이 가시지 않은 채 가늘게 떨리고 있었다.

바지는 시멘트 물에 흠뻑 젖어 있었고, 장갑을 벗은 손은 물인지 땀인지 모를 습기로 축축하게 번들거렸다. 공구는 내려놓았지만, 몸은 아직 작업을 끝내지 못한 상태처럼 보였다.

그제야 아저씨는 벽에 몸을 기대었고, 아줌마는 장비를 정리하였다.

나는 자리에서 쉽게 움직일 수가 없었다. 그저 먼지에 자욱한 현장을 멍하니 쳐다보고 있었다. 대부분 힘들어서, 위험해서 기피 하는 일을, 아무런 방패도 없이 그저 몸 하나로 감당하고 있었다는 것. 모든 위험을 감수하면서도 그 일을 계속하고 있다는 사실이 쉽게 가시지 않는 무거움이 남았다.

처음에 비용이 80만 원이라고 했을 때, "너무 비싸요, 좀 깎아주세요."라고 했던 말이 죄송스러운 느낌이었다. 커팅을 할 때마다 톱날을 갈아야 하고, 톱날값만 해도 10만 원이 훌쩍 넘는다. 만약 콘크리트가 예상과 다르게 움직여 다른 것을 파손되기라도 하면, 그 책임 비용을 고려해 보험까지든 금액이라고 한다.

그러니 80만 원이라는 숫자는 사람의 위험, 고통, 책임을 모두 설명해 주지 못한다.

현장에서 오래 일하다 보면, 특정한 장면들이 마음에 박혀 잊히지 않는다. 그 부부는 그런 장면이었다. 위험을 앞에 두고도 서로를 바라보는 작은 눈빛. 말없이 나누는 배려. 몸이 흔들릴 만큼 힘든 순간에도 어쩐지 서로에게 기대며 버티는 모습.

그건 단순한 '노동'이 아니라 '함께 살아온 세월'이 묻어나는 장면이었다.

두 사람의 얼굴 주름 사이에 낀 먼지, 보안경을 썼는데도 눈썹 위에 내려앉은 먼지, 마스크를 벗으며 남편에게 건네던 "수고했어요."라는 단 한마디.

아내는 곧장 다가와 남편의 작업복과 온몸에 앉은 먼지를 털어주었다.

공구를 내려놓았는데도, 진동의 여운이 남아 있는 남편의 팔. 먼지로 흐릿해진 3층 현장, 위험한 엔진톱 앞에 나란히 서 있던 두 사람의 뒷모습이 지금도 오래도록 마음속에 남아 있다.

같은 속도로 맞추어 가며

도배 작업은 유독 가족끼리 하는 팀이 많이 보인다.

그중에서도 오래 기억에 남은 도배 사장님이 있다. 그분은 일흔을 훌쩍 넘긴 나이였지만, 현장에 들어설 때의 걸음은 여전히 반듯했다. 허리를 세운 채 천천히, 그러나 망설임 없이 현장 안으로 들어왔다.

도배는 공사의 마감재라서인지, 벽지 한 장이 붙는 순간 공간의 분위기가 단번에 달라진다. 급하지 않고 인자한 말투와 표정을 보면 현장이 따뜻해지는 느낌이 들고, 마치 도배를 마친 현장의 얼굴과 닮아 있었다.

사장님께 견적을 요청하면 도면부터 보지 않았다. 늘 현장을 먼저 한 바퀴 돌았다. 벽을 손바닥으로 쓸어보고, 창가를 한 번 더 들여다보고, 천장을 훑어보았다. 그러고는 필요한 자재와 대략적인 금액을 바로 말했다. 그날도 사장님은 늘 그렇듯 사모님과 함께 트럭을 타고 왔다. 사모님은 흰색 1톤 트럭 조수석 창문을 반쯤 내린 채, 조용히 현장을 바라보고 있었다.

시공하는 날 아침도 마찬가지였다.

사장님이 먼저 내려 현장을 둘러본 뒤에야, 사모님이 천천히 차에서 내려왔다. 그리고 잠시 후, 또 한 사람이 조심스럽게 트럭에서 내렸다. 사모님의 남동생이라고 했다. 예순을 훌쩍 넘어 보였지만, 동작에는 나이가 선명하게 드러나지 않는 면이 있었다. 사장님이 하나하나 천천히 얘기를 하면 그때 움직였다. 사장님은 동생분과 함께 안으로 들어가며 말했다.

"밖에 있는 거, 이쪽으로 하나씩 옮겨."

말은 아주 천천히, 그리고 또박또박 발음했다. 동생분은 고개를 끄덕이며 도배지를 끌어안았다. 풀을 잔뜩 머금은 도배지는 보기보다 훨씬 무거웠다. 동생분은 끙끙대며 도배지를 끌어안고 들어왔지만, 손놀림에서는 숙련미를 찾기 어려웠다.

사장님은 다시 말했다.

"이건 끌면 안 돼. 밀차로 천천히 가져와."

지시는 늘 이렇게 이어졌다.

짧고, 반복되고, 조금도 서두르지 않았다. 동생분의 대답은 언제나 같았다.

"네."

"저거 가져와."

"네."

"끝 좀 잡아."

"네."

한쪽에서는 사모님이 계속 동생을 살피면서 동생을 칭찬했다.

"그래~ 잘하네." 하고 사모님은 꼭 어린아이 다루듯 부드럽게 웃었다. 그렇게 틈틈이 동생을 챙기는 모습이었다. 과일을 깎아 한 조각씩 입에 넣어주고, 잠시 앉으려 하면 "거기 앉지 마, 풀 묻어." 하며 자리를 치워 마련해주고, 물 한 컵도 대신 챙겨주었다. 그 모습은 어떤 역할 분담 같았다. 사장님은 일을 하고, 동생분은 사장님의 손과 보조 역할을 하고, 사모님은 그 동생을 따라다니며 아이처럼 그분을 돌봐주는 사람이었다. 시간이 지나고 어느 순간부터 동생분의 장갑에 풀이 묻기 시작했다. 문제는 그다음이었다. 풀 묻은 장갑이 신경 쓰였는지, 동생분은 자꾸 장갑을 바지에 문질렀고, 그러다 다시 도배지를 만지고, 벽을 만지고, 풀 묻은 손으로 또 다른 곳을 건드렸다. 벽지 한쪽에 풀 자국이 남았다. 사장님은 그걸 바로 봤다. 말없이 다가와 벽지를 살짝 떼어냈다.

"이건 다시 해야 돼."

동생분은 고개를 끄덕이며 장갑을 벗었다.

장갑을 벗고, 풀을 털고, 다시 끼고, 다시 벽지를 들었다. 조금 전보다 더 조심스러워졌지만, 또다시 풀은 장갑에 묻었다. 그 과정을 몇 번이나 반복했다. 붙였다가, 떼어내고, 다시 붙이고. 나는 그 모습을 보며 속으로 생각했다.

'저래서 언제 끝나나….' 솔직히 답답했다. 다른 팀이었다면 훨씬 빨리 끝났을지도 모른다. 그렇게 생각하는 순간도 분명히 있었다. 그런데 사장님은 재촉하지 않았고 동생분에게 뭐라고 하지도 않았다. 사모님도 표정을 바꾸지 않았다. 사모님은 동생분 옆에 다가와 조용히 말했다.

"괜찮아. 다시 하면 돼."

그러고는 장갑을 벗는 걸 도와주고, 물을 조금 따라 손을 씻게 했다. 풀 묻은 장갑은 따로 옆에 두고, 새 장갑을 건네주었다.

"천천히 해. 넘어지지 말고."

그 말은 지시가 아니라, 생활처럼 들렸다. 마치 오래전부터 매일 반복해 온 말처럼 자연스러웠다. 작업 속도는 여전히 느렸다. 눈에 띄게 빠르지도 않았고, 그렇다고 쉬엄쉬엄하는 것도 아니었다. 그저 셋이 각자의 속도로 움직였을 뿐이었다. 사장님은 앞에서 일을 하고, 동생분은 한 박자 늦게 따라오고, 사모님은 그 사이를 오가며 빈틈을 메웠다.

그리고 신기하게도, 작업은 다른 팀 세 명이 와서 하는 것과 거의 비슷한 시간에 끝났다. 마지막 정리를 할 때, 동생분은 바닥을 닦고 자재를 정리하며 유난히 신나 보였다. 동작이 커지고 빨라지자, 사모님이 바로 옆에서 말했다.

"천천히 해. 넘어지지 말고." 그 말에 동생분은 다시 속도를 늦췄다.

그날로 끝이 아니었다. 다른 현장에서 이 가족을 또 만났다. 그리고 그다음 현장에서도, 비슷한 장면이 반복되었다. 속도는 늘 같았고, 실수도 반복되었고, 풀 묻은 장갑을 벗고 다시 끼는 일도 여전했다.

그때마다 사장님은 같은 말로, 같은 속도로 일을 이어갔다. 누군가의 속도를 재촉하지 않고, 누군가의 손을 대신 잡아주며, 조금 느려도 끝까지 함께 가는 방식. 그건 단순한 작업 방식이 아니라, 오랜 시간을 함께 살아온 사람들이 만들어 낸 리듬이었다.

서로의 빈틈을 메우며 같은 속도로 맞추어 가는 삶.

그 조용한 반복이, 그들을 가족으로 단단하게 묶고 있었다.

그날의 자리

준공식 날,

관공서장과 각종 위원, 낯선 협회장,

발주처 책임자들 사이 어딘가에 나도 서 있었다.

하지만 이 건물을 완성하기 위해 새벽마다 현장에서

비와 땀에 젖었던 사람들은 그 자리에 아무도 없었다.

우리는 종종 크고 강한 것만을 기억한다.

높이 올라간 것, 빠르게 성공한 것, 반짝이는 결과들.

세상은 언제나 화려한 장면을 먼저 비춘다.

완공된 건물.

유리창이 닦이고 현수막이 걸린 날.

스포트라이트는 늘 가장 눈에 띄는 곳으로 향한다.

비 오는 날, 일이 있을지 없을지도 모른 채

안전화 끈을 다시 묶고 나서던 발걸음이 있었다.

땡볕에 숨이 막히는 날, 줄 하나에 의지해

수십 미터 위에 매달려 있던 몸들이 있었다.

손발이 얼어붙어도 시멘트 벽돌을 등에 지고

계단을 오르던 뒷모습이 있었고,

밥을 먹다 말고 자재가 도착하면

몸이 먼저 일어나던 자리들이 있었다.

그들의 매일은 같았다.

그날의 일을 끝냈고, 다음 날에도

같은 시간, 같은 자리에 다시 서 있었다.

아무도 보지 않는 자리에서 묵묵히

자기 몫을 해낸 사람들이었다.

어쩌면 진짜 위대함은 크고 화려한 결과가 아니라,

그 결과를 가능하게 한 수많은 땀방울 속에 있는지도 모른다.

기록되지 않는 시간, 박수 없는 노력,

이름 없이 반복된 선택들 속에.

그래서 이런 생각을 해본다.

가장 뜨거운 곳은 스포트라이트의 정중앙이 아니라,

그 불을 붙잡고 있던 쪽이 아니었을까.

당신이 만든 세상

현장은 매일 다른 얼굴을 하고 있었다.

어떤 날은 전쟁터 같고, 어떤 날은 학교 같고, 또 어떤 날은 작은 마을 같았다. 하지만 그곳을 움직이는 힘만큼은 언제나 같았다.

이른 아침 어둠 속에서 먼저 일어난 사람들.

먼지 속에서도 묵묵히 서로의 등을 떠밀던 사람들.

욕설과 웃음, 갈등과 온기가 뒤섞인 그 복잡한 하루를 끝까지 견뎌낸 그 이름 없는 얼굴들.

나는 그 속에서 수많은 '선생님'을 만났다.

나보다 나이 많은 사람도, 어린 사람도 있었지만, 그들은 모두 제 방식으로 나에게 삶을 가르쳐 준 사람들이었다.

하루를 버티는 법, 책임을 지는 법, 무너지지 않는 법, 그리고 다시 일어서는 법을. 이 글은 결국 그들에게서 시작되었다. 화려하지도, 잘 꾸며지지도 않은 이야기들. 그러나 그 속에는 진짜 사람의 체온과 숨결이 있었다.

작업복에 배어 있던 땀 냄새, 손바닥의 굳은살, 하루를 마치며 건네던 짧은 농담, 그리고 아무 말 없이 뒤돌아 걸어가던 그 뒷모습.

솔직히 말하면, 나는 그 장면들이 오래오래 누군가에게 기억되었으면 했다.

한 번쯤은 스포트라이트 아래에 세워져도 좋을 사람들.

한 번쯤은 누군가에게 이름 없이도 '고생 많았다.'고 불려야 할 사람들.

우리는 안다.

우리가 살고 있고 밟고 있는 모든 것들이 설계도와 자재로만 세워지는 것이 아니라는 것을. 그 안에는 사람의 체력, 인내, 성질, 경험, 책임감 같은 보이지 않는 것들이 층층이 쌓여 있다. 그 보이지 않는 것들이 건물을 세우고, 도시를 만들고, 누군가의 하루를 지탱한다.

그래서 나는 그들의 하루를 떠올릴 때마다 생각한다.

그들의 땀이 얼마나 많은 삶을 지탱하고 있는지, 그들의 버팀이 얼마나 많은 사람을 안전하게 만드는지. 현장은 땀과 성실함, 책임감만을 요구하는 곳이 아니다. 그곳은 모두의 약속, 양보, 공존이 무엇인지 가장 준엄하게 드러나는 곳이다.

그 모든 것들이 하나가 되어, 더 나은 세상을 만든다.

난 이 책을 쓰면서 스스로의 기준을 세웠다.

누군가의 아버지 이야기이자 남편의 이야기, 그리고 우리 주변의 평범한 이야기인 만큼, 현학적 문구나 그럴듯한 명언은 최대한 배제하고자 했다.

하지만 딱 하나, 그의 말을 빌려 진심을 전하고 싶었다.

이 세상에는 진짜 같은 가짜 교사가 너무도 많다. …그러나 차분히 생각해 보라, 가짜 교사가 가르치는 것은 모두 가치 판단일 뿐이다. 그들은 인간과 사물에 대한 본질을 어떻게 파악할 것인가에 대해서는 조금도 가르쳐 주지 않는다.

- 『초역 니체의 말』 중에서, 프리드리히 니체

현장에서 만난 사람들은 말로 가르치지 않았다. 본질을 보여주는 사람들이었다. 그들은 인생을 이론이 아니라 '삶 그 자체'로 증명하는 사람들이었다.

그래서 나는 이런 생각을 하게 된다.

누구라도 인생의 어느 한 시기쯤은 현장에서 땀을 흘려보는 경험을 해보면 좋겠다고. 고됨이나 땀의 낭만을 말하려는 것이 아니다.

그곳에는 사람이 있기 때문이다.

이 책이 누군가에게 작은 위로가 된다면, 그것은 내가 글을 잘 썼기 때문이 아니라, 이 세계를 살아낸 그분들의 삶이 이미 충분히 아름답기 때문일 것이다.

나는 그저 그것을 옮겨 적었을 뿐이다.

마지막으로 말하고 싶다.

책은 내가 쓴 이야기가 아니라, 당신들이 살아낸 하루의 기록입니다.

매일의 땀으로 세상을 지탱해 온 모든 현장 사람들에게 진심으로 감사드립니다.

그리고, 내가 만났던 수많은 선생님들께 조용히 한 줄을 남깁니다.

"모든 게 당신들께서 만드신 것입니다. 수고하셨습니다. 그리고 고맙습니다."

말하지 못한
마음들

사실 이 편지들을 이 책에 넣어야 할지, 마지막 순간까지 고민을 많이 했습니다. 현장에서 일하는 일은 누구에게 쉽게 자랑하기 어려울 때가 많습니다. 하지만 누군가가 그 일을 인정해 주고, 자랑스러워해 준다면, 그보다 더 큰 위로와 응원이 있을까 하는 생각이 들었습니다. 그래서 독자를 잠시 빌려 제가 제 아버지께 전하고 싶었던 말을 먼저 적어보았습니다. 그리고 이 일을 하고 계신 아버지께, 또는 남편·아내에게 독자분들도 마음속에 담아두었던 말을 저를 통해 대신 전할 수 있기를 바라는 마음으로 편지를 적어보았습니다.

서툴러도 괜찮습니다.
말이 짧아도, 표현이 서툴러도, 진심만 전해지면 그걸로 충분하다고 믿습니다.

저에게 큰 위로가 그랬던 것처럼 이 부록이 누군가에게도 조용한 온기가 되어 닿기를 바랍니다.

아버지께
쓰는 편지

아버지.

어릴 때 저는 아버지가 어떤 일을 하시는지

제대로 알지 못했습니다.

그저 작업복 위에 묻은 먼지와, 술 한잔 드신 날이면

끙끙 앓으시던 모습만 보았을 뿐입니다.

양복이 아닌 작업복.

기름때로 얼룩진 까만 손으로 술 한잔 드시던 모습이

그때의 제 눈에는 창피하고 부끄럽게만 보였습니다.

그것이 얼마나 무거운 하루의 흔적인지

저는 전혀 알지 못했습니다.

당신의 외로움도 몰랐습니다.

당신이 힘들다는 말을 거의 하지 않으신 이유가

정말로 "괜찮아서"라고 믿었습니다.

하지만 이제는 압니다.

그 말이 괜찮아서 나온 것이 아니라,

가족을 걱정시키지 않으려는 마음에서 나온

말이었다는 것을요.

다른 아버지들의 따뜻한 손과 달리

아버지의 손등은 늘 거칠고 상처투성이었습니다.

어린 마음에 왜 그런지 묻지 못했지만, 이제야 알겠습니다.

그 손은 매일 무거운 것을 들고, 뜨거운 것을 만지고,

추위를 견디고, 위험을 피하면서

우리 가족의 하루를 지켜낸 손이었다는 것을.

당신이 지고 있던 어깨의 짐,

당신이 흘리던 땀,

헤어진 작업복과 닳은 신발,

옆자리에 타기 창피하기만 했던 그 트럭까지도….

그 모든 것으로 인해 저는

평범한 하루를 누릴 수 있었습니다.

아버지.

이제 저는 아버지의 '일'이 아니라

아버지의 삶을 바라보고 싶습니다.

세상이 뭐라고 부르든, 세상에서 가장 성실하고,

가장 강하며, 가장 따뜻한 사람입니다.

아버지, 이제는 조금 쉬셔도 됩니다.

부족했던 말들, 차마 못 했던 말들,

이제라도 용기 내어 전합니다.

정말 고맙습니다.

그리고 사랑합니다.

아버지의 자녀로 살아온 것은 제 인생의 가장 큰 복입니다.

당신에게
보내는 편지

나는 당신의 일을 완전히 알지는 못합니다.

다만 집에 들어오는 당신의 걸음이

언제나 조금씩 무겁다는 것은 오래전부터 느껴왔습니다.

한강이 얼어붙을 만큼 매서운 강추위 속에서도,

숨이 막힐 듯한 폭염 속에서도 아무 말 없이 출근하던

당신의 뒷모습을 나는 수없이 보아왔습니다.

뉴스에서 전해지는 사고 소식들을 당신은

누구보다 잘 알고 있으면서도,

그럼에도 내색 하나 없이 다음 날 아침

다시 문을 나서는 모습에

나는 어떤 말도 할 수 없었습니다.

말은 하지 않지만 당신의 손등에 남은 상처와 굳은살,
샤워 후에도 쉽게 지워지지 않는 피로의 표정이
당신의 하루를 조용히 말해주고 있었습니다.

나는 그동안 너무 쉽게 물었습니다.
"괜찮아?"
"오늘도 고생했어."
하지만 이제는 압니다.
그 말들이 당신이 짊어진 하루의 무게를 다 담기에는
너무 가벼웠다는 것을.

당신이 흘린 땀과 버텨 온 시간이
우리 가족의 하루를 만들었고,
당신이 묵묵히 견뎌온 침묵이
우리 집의 안정을 지켜왔습니다.

그래서 이 말을 꼭 전하고 싶었습니다.
당신이 해온 일은 그저 힘든 일이 아니라,
위험을 알고도 물러서지 않은

가족을 지키는 일이었다는 것을.

당신.

나는 그런 당신을 존경합니다.

누구보다 거친 손이지만

그 손은 내 삶을 가장 단단하게 붙들어 준 손이었습니다.

이제는 내가 당신의 손을 먼저 잡아줄게요.

당신의 하루가 덜 아프도록 내가 곁에서 함께 걸어줄게요.

고맙습니다.

그리고 정말 많이 사랑합니다.

가장 뜨거운 곳은 스포트라이트의 정중앙이 아니라,

그 불을 붙잡고 있던 쪽이 아니었을까.

‘성실함’이라는 단어가 무겁게 느껴졌다.

누군가의 성실함 뒤에는 버티기 위한

처절함이 숨어 있을 수도 있고,

어쩌면 도움을 요청하지 못한 마지막 신호가

아무 말 없이 드러나 있었을지도 모른다.

나이가 든다는 건 시간이 쌓이는 일만이 아니라,

어깨 위에 얹히는 무게가 늘어나는 일일지도 모른다.

주름은 그 무게가 남긴 자국이고, 등이 굽는 건

그 무게를 오래 버텨 왔다는 흔적일 것이다.

이 책이 당신 곁을 지켜온

모든 이름 없는 사람들에게 작은 인사가 되기를 바란다.

당신을 살게 한 그들의 하루에, 늦었지만 고맙다고 말하고 싶다.

희미한 기억 너머, 어디선가 들었거나 본 말이다.

'짓다'는 건 시간이 필요하다는 것이다.

기다림과 손길이 쌓여야 형태가 되며,

나보다 이타적일 때

그때 비로소 '짓다'라는 표현을 쓸 수 있다는 것이다.

보통은 그렇다.

아버지는 한참을 고민하다 내 이름을 지었고,

그 이름은 평생 나를 불러왔다.

어머니는 내가 깨어나기 전부터 밥을 지었고,

그 따뜻함은 하루를 살아낼 힘이 되었다.

할아버지와 할머니는 농사를 지으며

하늘보다 땅을 더 오래 바라보았다.

그 시간마다 땀이 스며 있었다.

집에 있는 아이는 말없이 미소를 지었고,

그 표정 하나가 나의 힘이 되었다.

'짓다'는 단순히 만드는 일이 아니라,

누군가의 삶을 대신 생각해 주는 일이다.

마치 글을 짓는 것처럼.

당신이 지은 이 집도 그렇다.

당신은 벽을 세운 것이 아니라 비를 막을 시간을 만들었고,

지붕을 얹은 것이 아니라 사람이 머물 자리를 남겼다.

그래서 그 집은

아버지의 이름처럼 오래 불리고,

어머니의 밥처럼 기억될 것이다.

당신은 그런 사람이다.